대예언:

정주영 회장 후손들에게서 평화통일할 대통령이 나온다

저자 박가영

도서출판 청어

대예언:

정주영 회장 후손들에게서

평화통일할 대통령이 나온다

저자 박가영

머리말

하늘을 향해 뻗은 팔 끝에 손가락 하나가 보입니다.

무엇을 가리키고 있는지 알지도 못한 채 손가락을 바라봅니다. 달, 별 아니면 가을밤 바람에 떨고 있는 마지막 잎새를 가리키는 것일까요?

우리는 살아가면서 자신이 듣고 싶고 보고 싶은 것만 보려 하는 마음들이 강하게 자리 잡고 있습니다.

나는 어려서부터 신앙생활을 하며 자랐고 커서는 종교를 통해 결혼했으며 이제는 불교를 조금 알게 되었습니다.

세월이 가르쳐준 연륜이라는 덕도 보았습니다. 살다 보니 내 종교만 옳은 것도 아니며 내가 믿는 종교가 틀린 것도 아니라는 것이지요. 하나님은 평등하시고 종교는 하나라는 것을 깨우치게 해 주셨습니다.

두드리면 열린다고 하였습니다. 그래서 두드렸습니다.

가고 싶은 길이 있는데 어디에 있는지 몰라서 물어보았습니다.

가는 길이 어두워 등불을 밝혔습니다.

아무것도 하지 않고 기다릴 수가 없어서 찾았습니다.

예수님, 신부님, 부처님, 조상님 세상은 더더욱 공짜를 주지 않습니다.

내가 도움을 받고 내 자녀들이 잘되게 지금 이 자리에 서 있을 수 있게 도움을 주신 분이 계십니다

그분이 바로 일파 대사님입니다.

김흥섭(자유 방송국 대표) 씨는 일파 대사님께 이렇게 존칭어를 붙였습니다.

"그는 신이다." -『대운의 터』 추천사에서

글자에만 집중하지 마세요! 책을 읽어보시고 판단하세요. 우리는 이 시대를 살아가는 지성인 임을 잊지 마시길 바랍니다.

많은 예언을 하시고 명품 자녀들을 만들어 세계의 명문대에 들어가게 하셨으며, 천도재로 가정을 지키게 해주시고 부를 쌓는 길을 열어 주시며 수많은 사람이 건강하게 잘 살아가게 해주시는 효학문 비법이 있었기에 나는 새로운 생을 시작할 수 있었

습니다.

어두운 긴 터널을 지나 청명한 하늘에 뭉게구름 한 점 예쁘게 여행합니다. 가끔 지나간 시간이 필름처럼 뇌리를 스치고 지나갑니다.

손가락이 가리키고 있었던 것은 별도 달도 가을밤 바람에 떨고 있는 마지막 잎새도 아니었습니다. 소망의 길을 알려 주는 길잡이였습니다.

세월의 가르침 앞에 감사하는 마음을 배웠습니다. 봄은 향기를 싣고 생명을 잉태해서 고맙고, 뜨거운 여름빛은 청록색 짙은 나무 그늘 쉬어갈 수 있어서 고맙고, 가을 하늘은 세상을 오색 찬란히 물들려 하며 곡식을 거두어들이는 풍성함을 주어서 고맙고, 겨울은 때 묻지 않은 하얀 세상을 바라볼 수 있으며 가족들이 모여 앉아 군고구마에 동치미 국물 목 축여가며 먹던 따뜻한 온돌방을 생각나게 하는 여유를 주어서 고맙습니다.

내 아이들이 건강하게 잘 살아가는 모습을 보며 여기까지 오게 도와주신 일파 대사님께 감사드립니다.

하늘이 보내주신 귀한 인연

피부를 스치고
머리를 쓰다듬어 주는
봄바람에 몸을 맡기고
공원을 걷다 벤치에 앉으니
파릇파릇 돋아난 새싹들이
인사하네요

스님과의 만남은 귀한 인연이며
축복의 시작이었습니다
생각해봅니다
지나온 시간들
스님께 부탁드리는
마음에 젖어 제가 해야 하는
기도에는 소홀했습니다

스님의 말씀을 통해
얼마나 어려운 길을
가고 계시는지
조금 더 알게 되었습니다

코끝이 찡해옴을 느꼈습니다
가여운 마음에 물줄기
볼을 타고 흐릅니다
봄바람이 괜찮다
어깨를 토닥여주며
볼을 어루만져 주네요

호수의 물결이 말합니다
물결이 넘실넘실 춤추듯
기도하는 마음으로
타고 넘으라 하네요

스님의 크신 사랑에
감사드리며
늘 건강하시길 기도드립니다

추천사

기적을 경험하는 순간

이귀자

설악산 정상은 아직 흰 머리를 골짜기마다 드러내고 있고, 낮은 대지의 2차선 도롯가에 벚나무 가로수는 연분홍 꽃을 가지가 보일세라 가득가득 꽃봉오리를 맺어 꽃구름 속을 걸어가는 듯한 기분이 든다. 꽃가지 위에 앉아 몽실몽실한 꽃을 구름 삼아 노닐고 싶은 봄날입니다.

강원도의 작은 시골에 조그마한 가게를 하면서 근근이 겨우 입에 풀칠만 하고 살던 어느 날 유튜브를 통해 보게 된 스님 한 분이 있었습니다. 열정을 쏟아 강의를 하시는 중이었는데, "나의 조상의 뿌리를 알아보세요" 하는 말씀을 혼을 담아 토해내고 계셨습니다. 저도 삶이 고단하고 평범하지는 않았습니다. 강의를 다 듣고 나서 평생 한 번 하는 천도재, 나도 한번 해보자는 하는 마음이 들었습니다. 지금처럼 고단하고 힘들게 살고 싶지는 않았습니다. 어렵게 인연이 닿았고, 그렇게 하나둘씩 배워가며 학문을 이해하기 시작했습니다. 다행히 절에 다니고 있었던 저는 크게 종교적인 괴리감 없이 받아들일 수 있었습니다. 스님과 인연을 닿았지만, 경제적인 여건이 될 때까지 3년이란 시간을 흘려보냈습니다. 3년 후 평생 한 번 하는 천도재를 하게 되었고, 그 후 3주 정도의 짧은 시간이 지났을 때 국가보훈처에서 아들이 순직 처리가 되었다고 연락이 왔습니다. 첫 번째 기적을 경험하는 순간이었습니다. 나의 평생 숙원이었던 숙제가 한 번에 기적처럼 해결이 되는 순간이었습니다. 큰스님께서 다시 말씀하시기를 "보살님 3년 발복기도를 하셔야 할 것 같습니다". 두말하지 않고 "네"라고 대답하고 그때부터 소소한 일상의 작은 문제부터 하나씩 하나씩 해결이 되었고, 수많은 기적 같은 일을, 눈으로 보고도 믿기지 않는 수많은 일들을 경험하게 되었습니다. 3년이 다 되어갈 무렵에는 딸아이가 직장을 옮겨 승진하였습니다. 코로나19 바이러스가 한창 전 세계를 휩쓸고 있던 그 시기에 이렇게나 쉽게 이직하다니, 그때의 감정을 회상해 보면 "뭐지, 이렇게 쉬운 일이었나" 기쁘기도 하였지만 오히려 약간의 허탈한 생각이 들었습니다. 좋은 일은 같이 나에게

왔습니다. 젊은 시절 사업하면서 짊어진 커다란 채무가 있었습니다. 평생을 은행거래 한번 할 수 없는 신용 불량자로 은행 한 번 제대로 가지 못했던 제가 30년 된 오래된 채무를 개인회생으로 신용 회복하게 되었습니다. 천도재를 지내기 전에 변호사를 선임해서 파산을 진행했었지만, 반려되었던 상태였기 때문에 보고도 믿을 수가 없는 일들이 일상의 곳곳에서 생활처럼 일어났기 때문입니다. 일파 큰스님께서 말씀하시는 평생 한 번 하는 천도재, 진짜 천도재의 기적을 경험하시기를 진심으로 바랍니다.

오랜 인연으로 일파 큰스님께서 "소원이 뭡니까?" 하고 말씀하셨고, "딸아이가 외국으로 가기를 원합니다. 그리고 저도 지금 하는 일보다 수입도 좋고 몸으로 하는 노동 수입이 아닌 시스템 소득을 얻고 싶습니다."라고 말씀드렸습니다. 큰스님의 대답은 간결하고 짧게 "알겠습니다. 해보지요." 이렇게 큰스님과 대화가 끝났고 또 다른 인생 2막이 펼쳐지게 됩니다. 대한민국에서 시골 지방대학교를 졸업하고 우리나라 최고의 기업에 취업이 되어 지금은 멀리 동유럽에서 살고 있습니다. 이 글을 쓰고 있는 저 또한 사업을 시작한 지 오랜 시간이 지나지 않았지만, 좋은 사람들과 인연을 맺고 사업에 가속도가 붙으면서 예상보다 빨리 진행이 되고 있습니다. 지금은 성공자의 행복한 삶을 살고 있습니다. 경제적인 자유와 시간의 자유를 누리고 있습니다. 세상에는 많은 종교가 존재합니다. 사람은 누구나 완전하지 못하기 때문에 종교라는 구심체에 의지하게 됩니다. 종교에 기대어 스스로 위로받고 살고 있습니다. 종교에 기대 위로받을 수 있을지는 모르지만, 인생을 바꾸기는 어렵습니다. 나를 낳아 주고 길러주신 나의 부모님이 잘 가셨는지 잘 못가셨는지 꼬옥 확인해 보시기를 바랍니다. 그리고 인생을 바꾸시기를 바랍니다. 시간은 흐르는 물과 같습니다. 이미 흘러간 물을 퍼 올릴 수 없는 그것처럼 지나간 시간을 되돌릴 수는 없습니다. 다가오는 시간을 어떻게 사용하는가에 따라 나의 삶이 나의 인생이 변합니다. 누구나 행복하게 살기를 원합니다. 당신이 행복하기를 진심으로 바랍니다. 감사합니다.

궁금한 점이 있으시면 언제든 카톡으로 연락해 주시기 바랍니다. 자세히 알려드리겠습니다.

카톡 ID: thgys85

추천사

이 혼탁한 세상에 핀 우담바라

무진 합장

혼탁한 연못에 핀 연꽃도 계절의 우여곡절을 겪으매, 너른 세상 안개 속에 핀 우담바라 세파에 시련 없음일런가. 부디 환한 등불로 오래 오래 피어 있어, 지상에서 천상으로 가는 어두운 길 비추어 주시옵기를 간절히 바랍니다.

그 꽃, 내 상좌일 적 미처 몰라보았으니 내 어두운 눈을 뜨게 하여 준 꽃 우담바라 일파. 성품은 강직하고 심성이 여리고 유연하니, 말은 곧고 직설이며 마음은 부드럽고 원만하여, 혼탁한 세상에서 오해와 곡절 많이 겪음을 예나 지금이나 걱정하지 않을 수 없다.

그도 그럴 것이, 세상인심은 효를 버려 아집을 쫓고 영은 죽고 몸만 살찌우는 가운데, 종교는 하늘을 잃고 허망한 사다리만 기어오르는 격이며, 학문은 천기를 외면하고 지기를 짓밟아 우상만 더듬고 문자옷 입힐 치장에만 골몰하니, 어찌 우담바라 피어 있음을 볼 줄 알 것이며, 어찌 소중함을 알 것이며, 어찌 그 쓰임새의 지혜를 가질 수 있을 것인가. 너도 나도 그 꽃 따려고만 할 것이니 안쓰럽기 그지없다.

이러한 차에, 고난으로 피어 향기를 나눠주는 일파 우담바라. 하늘에는 영을 땅에는 복락을 사람에는 건강과 지혜를 효에 담아줌에, 신도 감동함이리라. 예언은 한 치의 오차 없이 들어맞고 실행은 망설임 없이 열매를 맺는다.

하여 시심작불 유심소작(부처는 마음에서 비롯되고 모든 일은 마음에 달렸다)임을 현현해 보임을. 이 혼탁한 세상에 핀 우담바라. 부디 오래 오래 피어 있어, 그 향과 지혜, 신법의 아름다운 빛으로 어두운 곳 환히 비춰주기를 간절히 바랍니다.

그는 신이다

심흥섭(자유방송국 대표)

누가 이 세상에서 신을 보았다는 말이 심심찮게 들리곤 한다. 그럴 경우, 현재 정치 종교전문 방송국을 운영하고 있는 나로서는 관심을 가질 수밖에 없다.

때로는 먼 나라에서 누가 성모의 기적을, 예수와의 만남을, 때로는 국내에서 기적을 행한다는 누구, 신이 되었다는 누구, 그러나 나는 그 전부를 믿지 않는다. 거짓으로 판명되는 경우가 다반사이기 때문이다. 이를테면 참과 거짓에 대한 진실 밝히기에 열성인 내 근성 탓이기도 하다.

대학교를 졸업하고 이때껏 서울신문사 기자와 편집국장으로, 환갑을 바라보는 현재는 정치 종교전문 방송국을 운영하며 살아가고 있는 한평생의 체질적 근성이기도 하지만 정신적 체험에 의한 안목이 생겼기 때문이라고 자신 있게 말할 수 있다. 그런 내가 신이라고 인정하는 인간이 있다. 그 신이 바로 일파 스님이다.

일파 스님과의 인연은 오래 세월을 거슬러 올라가야 한다. 내 기억으로는 그때가 1997년에서 1998년 언저리였던 듯싶다. 그때 불교 원효종의 큰스님 무진 스님의 상좌로 스님이 된 일파 스님과의 만남부터가 예사롭지 않았었다.

무진 큰스님에게는 도관 스님이라는 또 한 분의 상좌스님이 계셨는데, 그 분이 후에 국회의원도 출마하셨고 김종필 총재의 심복이기도 하셨던 분(이승우)이다. 나와는 호형호제할 정도로 막역한 사이다.

그런데 도관 스님이 일파 스님의 예언력을 시험 삼아 청하신 예언에 일파 스님은 도관 스님이 일주일 후 중풍에 걸리겠다는 충격적인 예언을 하신 것. 도관 스님은 불쾌함으로 화를 내시며 믿으려 하지 않았으나 일파 스님의 예언은 불행히도 적중했다.

멀쩡하던 도관 스님이 거짓말처럼 쓰러지셨고, 도관 스님을 병원에 입원시킨 내 슬픔과 상심은 이루 말할 수 없을 정도였다. 도관 스님에게 지팡이를 선물해야 하는 그 심정은 칼에 심장을 찔린 듯한 아픔이었다. 그러는 동안 일파 스님은 그 불미스러운 일로 인해 쫓겨나고 말았음을 나중에 알게 되었다.

그러나 일파 스님의 정확한 예언력과 치유능력은 그 후에 입증되었다. 서울 영동호텔 뒤에서 철학관을 운영하고 있다는 일파 스님은 한편으로 동산포교원을 설립, 오갈 데 없는 노스님들과 사회에서 소외된 사람들이 머물도록 해주고 있었다.

동산은 무진 큰스님의 호였으니, 큰스님에 대한 그 각별한 마음을 알 수 있다. 나는 일파 스님을 찾아가 간곡히 부탁했다. 도관 스님을 용서하시고 병을 고쳐 달라는 나의 청을 거절치 않고 도관 스님을 동산포교원에 모신 다음 기도와 조상 천도를 하고 자신만의 비법으로 발콕케 함으로써 도저히 상식적으로는 믿기 어려운 기적이 일어났다. 이번에도 7일 만에 도관 스님이 지팡이를 내던지고 일어나 동산포교원 밖 비탈길을 뛰어다녔다.

그냥, 말로 믿기 힘든 기적이었다. 내 두 눈으로 직접 보면서도 믿어지지 않았다. 시리로 신이 아니고서야 어찌 이런 기적을 내 눈앞에 펼쳐 보일 수 있단 말인가. 뿐만 아니라 도관 스님을 동산포교원의 주지로 모시기까지 한 일파 스님의 넓은 덕에는 머리가 저절로 숙여진다. 알면 알수록 신비한 존재여서, 내가 제의했다.

"그 비법을 모두 다 내놓아 증명해 보이면 내가 글도 써주고 방송하여 세상에 널리 알리는 데 앞장서겠다."

흔쾌히 승낙한 일파 스님은 나를 국립묘지로 데리고 갔다. 자신의 효학문 영혼 철학을 증명해 보이겠다고 한 일파 스님은 술과 담배를 묘 앞에 놓기 전 나에게 먼저 맛을 보라고 한 후,

"이 묘의 주인이신 영은 못 가셔서 구천을 떠돌고 계시므로 술 맛과 담배 맛이 탁하고 쓸 것입니다."

"이 묘의 주인이신 영은 좋은 곳으로 잘 가셨기에 술 맛과 담배 맛이 순하고 맑을 것입니다."

하면서 바로 바로 영접속을 하며 묘지들을 순례하였다. 믿을 수 없게 말한 그대로 술맛이 그때마다 변했다. 도저히 설명 불가한 일이었다. 나는 흥분해서 말했다.

"당신은 신이다!"

나는 캠코더를 들고 직접 촬영하며 일파 스님의 뒤를 쫓았다. 더 이상 설명할 수 없다. 그동안 내가 만나 친분을 가진 종교계와 무속인들이 수천 명인데, 일파 스님 같은 분은 없었기에 더욱 놀랄 수밖에 없었다. 그러한 비법을 가지고 있음에도 세상에 알려지지 않은 것 또한 흥미롭다.

요즘 세상에서는 너나 할 것 없이 자기를 알리기 위해 온갖 편법과 술수가 판치는데, 그런 일들과는 무관하게, 아니 무관심

으로 숨어서 기적을 행하는 일파 스님이 측은하기도 하고 안돼 보이기도 하고… 그랬다.

그뿐이 아니다. 동산포교원을 도관 스님에게 주고 자신은 국운상승을 위한 영가천도를 하느라 무척 많은 고생을 했다. 그때 많은 정재계 인사들을 당선시켜준 대가로 받은 게 고작 배신과 약속 불이행이었던 것으로 안다.

인간적인 일파 스님이므로, 그들의 비인간적인 처사에 무척 상심했으리라 짐작된다. 일파 스님이 훌쩍 일본으로 떠나버린 것이다. 그 후 내 앞에 나타난 일파 스님의 행적인즉슨, 일본에 건너가 철학관을 했고 그때 통역을 맡은 미혼의 젊은 여성이 나를 다시 한번 경악케 했다. 꽤 미인이었음에도 왼쪽 귀와 턱 사이에 보기 흉한 커다란 혹이 달려 있었다(김일성의 혹을 연상하면 된다).

그런데 일파 스님을 만나고부터 차츰 빠르게 혹이 작아지고 있다는 거였다. 손도 대지 않고 고치는 중이라면서, 완전히 사라질 때까지의 경과를 직접 확인시켜 주겠다는 거였고, 이번에도 나는 그녀의 혹이 사라지는 기적을 직접 목격했다. 어떻게 이런 일이 가능한가. 신이 아니고서는 불가한 일이었다.

그 뒤로 그녀는 결혼도 했고, 일파 스님이 고 노무현 대통령을 당선시키고 봉사활동을 위한 영가천도를 후원해주겠다는 약속에 속아 강남 압구정에 얻은 사무실마저 그녀에게 준 것으로 안다. 그렇게 남들만 도와주느라 정작 자신은 고통을 겪어야 했던 일파 스님이다.

그러나 지금이라고 별반 달라진 게 없지 싶다. 그동안의 고행에 지친 듯하기도 하고, 여전히 남들이 자기를 위해 이기적으로 살 때에도 일파 스님은 무료로 천도를 많이 해주고, 후원해 주는 분들이래야 효학문을 직접 체험하여 믿게 된 분들과 지인들 몇 분인 것으로 안다.

그나마 발전한 것이 있다면, 인터넷에 네이버 카페 〈행복한 가정 만들기〉를 개설해 조금 더 많은 사람에게 알리고 있다는 것이다. 나는 자주 그 카페에 들어가 본다. 그리고 여전함에 안타깝다. 일파 스님을 후원하는 분들이란 어려움에 처해 찾아오는 분들이고, 일파 스님은 여전히 도움을 받는 쪽이 아니라 주는 쪽에 있다. 심성이 사람 돕기를 좋아하여 거절치 못하는 일파 스님.

일파 스님의 말씀처럼 도의가 땅에 떨어지고 효가 부재하는 현세에서… 이제 효를 드러내고 펼쳐서 병든 세상과 사람들을 치유하는 비법이 영원히 끊겨 사라진다. 생각하면 안타까움은 자연스레 요즘 유행하는 종말론에 가 닿는다.

정녕 이대로 종말을 맞이하고만 있을 것인가. 종말을 막기 위해 고군분투하는 외로운 효학문을 위해 쾌척할 후원이 나타나기를 기대하며, 나 자신 효학문이 세상에 널리 알려져 병든 세상과 사람들을 건강케 하고 못 가신 조상님들을 좋은 곳으로 천도하시게 되기를 기도하며, 국운상승 천도 사업에 동참하고자 한다.

오늘도 외로이 땅의 길 하늘의 길을 닦으며 가는 효학문과 일파 스님. 파이팅!

목차

1.
일파 대사의 예언

일파가 정확히 예언하겠습니다. 20년 후에 틀림없이 정주영 회장님 후손에서 평화통일을 이룰 훌륭한 대통령이 나옵니다.

27년간 전 세계의 만행을 마치고 비법을 제자들에게 가르치고 긴 시간을 통해 좋은 사람들을 많이 만나 천도재를 해 드리고 도움도 많이 받았습니다. 천도재를 하려면 경제적 도움이 있어야 하기에… 이런 분들만 하다가 좀 어려운 사람들을 위해 무료 천도재를 해야겠다는 마음을 정하고 무료 천도재를 하던 중 영계에서 정주영 회장님을 만나게 되었습니다.

맑은 기운

강직한 성품의 위인을 만나기 위해
영계에 접속하니
위인의 영은 모습을 보여주지 않고
다만 맑은 기운만 나온다.

하늘의 산들바람과 같은 느낌
극락의 향기
맑고 순수한 이슬의 투명함
온유하면서 한편 강직한 기운
이승의 언어로는 이렇게밖에
달리 표현할 길이 없어
형언키 어려운 기운 앞에서
경건하여진다.

영계의 세계에 잘 가신 분은 볼 수 없으며 좋은 기운과 빛 향기 바람으로 느끼게 됩니다.

젊어서부터 부지런함을 몸소 보이시며 국가가 발전하게 하려고서라면 불가능이 없다는 강한 의지와 노력으로 능력을 발휘한 분입니다.

또한 본인이 태어난 고향을 잊지 않고 소 떼를 몰고 트럭이 줄을 지어 평양으로 향하는 길목에서 환호의 박수치며 손을 흔들던 대한민국의 이름다운 물결을 잊을 수 있겠습니까?

그 마음 그 사랑은 효의 사상이 마음에 살아 있었음을 보여주는 모습이라 생각합니다.

정주영 회장님이 남기신 업적은 정말 너무나도 많습니다.

고속도로 건설에 앞장서 나라를 발전시키시고, 사우디 모래사막 위에 도로를 만들고, 건물을 세워 대한민국의 위상을 세계위에 우뚝 세우셨으며, 포항제철을 도면 위에 그려 영국의 투자를 받아내는 역사적인 일 등…

진심으로 나라를 사랑 하는 마음이 아니면 해낼 수 없는 일들이며 하늘이 돕지 않을 수 없이 자신을 100% 투입했기에 성공적으로 이뤄낸 것입니다.

대한민국이 잘 살고 평화로워야 국민과 내 후손들이 안전하고 행복하게 살아갈 수 있음을 뼈저리게 느끼셨기에 대통령 출마도 해 보셨고, 아들 정몽준 회장님도 출마하셨던 것입니다.

특히 개인의 이익을 떠나 평화통일의 이념으로 온 국민이 평화롭게 사는 나라를 함께 만들고 싶으신 마음이 간절하셨습니다.

내 민족과 자손을 사랑하는 마음을 내려놓을 수 없으셔서 영계를 통해 나를 찾아오신 것입니다.

영계에도 급이 있기에 본인의 급을 올려 주기를 간곡히 청해 왔습니다.

급이 올라갈수록 후손과의 연결이 쉽게 되기 때문에 후손들에게 본인 정주영 회장님이 선몽으로 나타나 알려주실 수 있는 길이 열리기 때문입니다.

지금 우리의 가장 중요한 이슈는 바로 평화의 통일시대를 열 대통령입니다. 정주영 회장님도 대통령 선거에 나가셨는데 김영삼 대통령에게 밀렸어요.

아까운 분이 정몽준 회장입니다. 그분은 천기를 타고 나셨어요. 그런데 한 시대에 대통령 되실 분이 한 사람이 나오는 것이 아니에요. 원래 조선시대에 왕이 둘이 나오게 되면 한 명이 죽어야 했습니다. 그래서 북한에 가면 형이 죽고 이런 일들이 일어나고 있습니다. 정치라는 것에 저희는 개입하려 하지도 하고 싶지도 않습니다. 그 비참함 지금 윤석열 대통령과 이재명 씨가 하는 정치에 나는 어느 쪽 편도 아니며 개입하지 않습니다. 진정으로 이긴 자의 이야기입니다.

저는 지금 정주영 회장님의 메시지를 받고 발복기도를 하고 있습니다. 인연법에 하늘의 뜻이니까 글을 쓰고 하다 보면 소문에 소문이 나서 들어가지 않겠어요. 현대그룹에서 알았다면 나를 불러 취재하든지 고소하든지 아니면 기도를 부탁하시던 이것은 하늘의 인연법입니다. 저는 그렇게 생각합니다.

즉문 1 『대운의 터』 스님께서 쓰신 책을 읽어보면 10년 전 예언과 지금의 예언이 틀린 적이 없습니다. 이번에 예언하시길 20년 후 정주영 회장의 후손 중에서 남북 평화통일을 이룰 대통령이 나온다고 예언하셨습니다.

정씨 가문은 어떻게 받아들이고 준비해야 예언이 이루어질 수 있는지요? 스님께서 많은 시간을 준비하시고 발복기도를 하셔야 하는데 정씨 가문의 동참 없이도 말씀대로 예언을 이룰 수 있는 것인지?

즉답 1 예. 제가 분명히 나온다고 예언했습니다. 언제쯤 제가 예언했는가 하면 한 달쯤 전에 무료 천도재를 진행하게 되었는데 하게 된 원인은 윤석열 대통령과 이재명 씨가 선거했지요. 그때 제가 캄보디아 있으면서 정말 세상이 그렇구나 한국에 돌아와서 국민의 힘 장관들 국회의원들 비서실장 김건희 여사 책이 나왔습니다. 『아름다운 새영별』은 그때 박성원 목사님께서 쓰신 책인데 대한민국이 잘 돼야 한다는 저희의 이야기이기도 하지요. 그 책을 직접 보내 드렸는데 정말 너무 하시더라구요. 왜 그렇게 벽이 두꺼운지, 대통령만 되면 벽이 왜 이렇게 두꺼운지… 아, 이제는 내가 할 짓이 아니구나! 남은 인생 서민들 어려운 사람들과 하나가 되어서 사는 그날까지 봉사하고 모든 것을 접고 산에 있습니다. 이렇게 기도하는데, 돌아가신 고 정주영 회장님께서 내게 찾아오셔서 '앞으로 15~20년 후에 남북 평화통일이 될 것인데, 자기 후손들 발복기도를 부탁하고 본인의 영계에서 영급을 좀 올려 달라, 그러면 꿈이라든가 메시지로 자기 후손들을 통해 알릴 테니 좀 도와주세요'라며 간곡히 부탁하셨지요.

여러분은 아무리 들어봐도 만화책 읽는 것 같을 것이고 소설책 같을 것입니다. 그러나 진실입니다. 이것을 알고 미국 교포님이 저를 취해서 27년간의 수행한 것을 다 알아보고 싶다는 것입니다. 조사를 하겠다는 것입니다. 네, 저는 분명히 20년 후에 고 정주영 회장님 후손에서 평화통일할 대통령이 나온다고 예언했습니다. 누구의 예전으로, 바로 돌아가신 고 정주영 회장님이 저를 찾아오셔서는 '내 급을 올려 달라'고 했죠. 그런데 이번 예언이 처음이 아니고 그전에도 예언이 나왔었습니다.

작가님은 아주 예리하십니다. 다시 질문을 보겠습니다. 『대운의 터』에 보면 스님께서는 10년 전 예언과 지금의 예언이 틀림이 없습니다. "20년 후 정주영 회장의 후손 중에서 통일을 이룰 대통령이 나온다고 하셨습니다. 정씨 가문은 어떻게 받아들이고 준비해야 예언이 이루어질 수 있는지요? 스님께서 많은 시간을 준비하시고 발복기도를 하셔야 하는데…." 하는 질문입니다. 『대운의 터』에 보면 〈최영 장군을 천도해 드리다〉 인터뷰에 나옵니다. 작가님께서 저에게 인터뷰한 앞 질문을 보게 되면 제가 드린 말씀이 있습니다. 최영 장군이 저에게 예언하신 '30년 후에 평화통일의 시대가 올 것인데 여기서 지금 무엇을 하고 있느냐' 하시면서 호통을 치셨다는 것을 제가 말씀드린 것을 아실 겁니다. 그러다 그 당시에는 누군지도 몰랐고 알아보지도 않았고, 본적도 없었지요. 고 정주영 회장님은 잘 가셨으니까요.

남북 통일시대를 이끌어갈

천기를 타고난 지도자

현대그룹 집안이다

-보연. 박가영

대한민국의 미래는

어떻게 되는 것이며

어디로 가고 있는가?

스스로 한 번쯤

반문해 보지 않은 국민이 어디 있는가?

국민 모두 걱정하고 있지 않았는가?

여기에 천기누설

예언을 받으신 분이 계시다

바로 일파 대사님이시다

하늘의 예언을 현대그룹

집안에 전하셔야 하는

의무와 책무를 받으셨다

현대그룹 집안사람들이여
하늘의 뜻을 전하니
눈 뜨고 귀 열어 들어보시오

그대들의 담은 너무나 높고
문은 철장으로 꽁꽁 묶어
자물쇠를 채우고

귀는 갑철로 막고
눈은 앞만 보게 상하
좌우를 막았으니

현대그룹 정주영 회장
후손에서 대통령이 나온다
이 말을 어찌 전할 수 있겠소

그대들은 자랑스러운
대한민국의 국민이며

정주영 회장님의 자손들

하늘의 높은 뜻을 받들어
자손 된 도리를 다하심이
마땅하리라 생각하오

첫 번째, 제가 밝혔지만, 저는 산에서 공부한 것이 '고 박정희 대통령 집안'이었습니다.

"박근혜 대통령 탄핵을 당합니다, 구속됩니다."라고 했지만 소용이 없었고 내가 마지막으로 지난 6월에 그 집안의 후손을 목사님을 통해 만난 적이 있습니다. 제가 분명히 말씀드렸습니다. 내가 27년 동안 그토록 찾아가고 책을 쓰고 했지만 알아듣지를 못했습니다. 이제는 더 이상 만나지 않겠습니다.

두 번째, 삼성 이건희 회장 집안입니다.

'당신이 잘살지만 아프게 될 것이고 돌아가시게 된다, 이혼하게 된다, 당신 아들이 구속된다, 또 구속된다. 반도체가 성장이 되지만 무너지는 것은 한순간이다. 그래서 트럼프 대통령이 일본에 불화수소를 어떻게 할 것이고, 바이든 대통령이 삼성전자를 방문할 것이다. 삼성 반도체가 쟌 노즈스, 제닌 바우, 쥴리아나 빈, 박옥 교수, 이대호 박사를 거론하고 내가 뭐가 잘났다'고 서류를 보내드렸습니다. 다른 게 아니라 그 집안에 문제가 있었기 때문에, 그분들이야말로 대한민국을 짊어지고 일으켜 세울 분들이기에, 제가 27년 동안이나 투자한 것이지요. 그러나 벽이 너무 두꺼웠습니다.

앞으로 15년 동안에 20년 후에는 통일의 시대가 옵니다. 저의 예언은 27년 동안 단 한 번도 틀린 적이 없습니다. 못 믿겠으면 저를 잡아다 조사하고 취재하든지 해보세요. 기록을 보시고 책을 보시고 저의 동영상을 보세요. 그대로 다 찍어 드렸습니다. 2021년 9월 15일 하늘의 음성을 듣습니다. 그 당시는 코로나 시대였습니다. 캄보디아, 9월 15일 비행기를 타고 격리를 하면서 윤석열 씨 이재명 씨가 대통령 선거에서 대결하는 걸 보았습니다. 결과는 윤석열 씨가 대통령이 되셨고 김건희 여사가 영부인이 되었습니다. 그분은, 어쨌든 죽어 나오는 청와대에 들어가지 않았습니다. 그분이 대통령을 하시고 나면 다음 대통령이 올 것이고 또 그 다음 대통령이 옵니다. "우리가 평화의 시대로 가야 하는데,

물꼬를 터야 하는데…" 그러기에 『새영별 김건희 여사』라는 책을 우리 박성원 목사님과 제가 기도하고 천도 하면서 쓴 것입니다. 『새영별 김건희 여사』의 책 내용도 모르고 읽지도 않고 반대파에게 서서 욕만 하는 것이 우리 대한민국의 현실입니다. 그래서 이제는 다 접고, '서민들과 어떻게 하면 좀 더 잘 살 수 있는지' 이것을 공부하라고 설명하는 것이 무료 천도재입니다. 그런데 왜 잘 가신 분, 고 정주영 회장님이 저를 찾아오시는 걸까요?

그전에는 돌아가신 고 노무현 대통령이 저를 찾아오셔서 책을 쓰게 되었지요. 『세종시는 울고 있다』 그런데 노사모 재단에서 책을 다 가져가 버려서 엄청난 손해를 보았습니다. 책값, 광고비, 심지어는 구속한다고 그럴 때 '내가 왜 이런 일을 해야 하는가?' 나 스스로 반문하기도 했었지요. 또 미국 교포님이 이런 사실을 알고 저를 인터뷰하시겠다니, 있는 그대로 말씀드리는 것입니다. 제가 최영 장군이 예언하실 때 영계를 한번 들어간 적이 있습니다. 고 박정희 대통령 집안, 삼성 집안, 미국 존 케네디 집안… 27년 동안 다 만나 보았습니다. 다음에 기회가 되면 다 말씀드리겠습니다. 시간과 장소 날짜를 구체적으로 밝히면서. 『대운의 터』에 있지만, 원래는 3개 기업인 현대·삼성·대우를 보려고 했었는데,

그 당시 대우 김우중 회장님이 살아 계셨기에 2개 기업인 삼성과 현대를 보게 되었습니다. 삼성에 고 이병철 회장님하고 현대에 고 정주영 회장님을 보게 되었습니다. 그런데 한 분은 가시지를 못했어요. 뱀 소굴에 묶여 있는 거예요. 자손들이 들으면 얼마나 기분 나쁘겠어요. 그래서 내가 도와드리려고 그 책을 쓰게 된 것입니다. 그 이야기를 못 하잖아요. 벨 연구소 사건, 그리고 비자금 사건, 바이든이 우리나라에 오고 삼성 자식이 구속되고, 이혼하고… 내가 생각해도 만화책 같아요. 한번 찾아오면 내가 정말 상세히 이야기해 드릴게요. 자금은 잘 나가지만 앞으로 다가올 크나큰 손해를 어떻게 할 것인지요? 내 분명히 말씀드릴게요. 지금 반도체가 미국으로 계속 나가고 있습니다. 앞으로 다가올 크나큰 손실을 막으려면 꼭 저를 찾아와야 할 것입니다.

현대그룹 고 정주영 회장님은 잘 가셨습니다.

회장님 영을 접속하니, 잘 가셔서 저 가을에 산들바람처럼 감미로운 느낌이라 내가 시를 써둔 것이 있습니다. 『대운의 터』에요.

故 정주영 회장

극락으로부터의 맑은 기운, 발복

-일파 합장

맑은 기운

강직한 성품의 위인을 만나기 위해
영계에 접속하니
위안의 양은 모습을 보여주지 않고
다만 맑은 기운만 나온다.

하늘의 산들바람과 같은 느낌
국악의 향기
맑고 순수한 이들의 투명함
온유하면서 한편 강직한 기운
이상의 언어는 이렇게밖에
달리 표현할 길이 없어
형언키 어려운 기운 앞에서
경건하여진다.

그때 최영 장군이 예언한 30년 후, 그 사람이 누군지도 몰랐고 알 필요도 없었어요. 왜냐하면 박근혜, 삼성, 윤석열, 김건희 그리고 미국에 가서 존 케네디 집안, FBI를 알고 박사들을 알게 되고 이렇게 살아오다가 2023년 캄보디아에 가서 기도해 가지고 왔지요. 이 이야기를 김건희 여사가 들어야 합니다. 세계 어디에도 영원한 대통령은 없습니다. 3년 남았으니, 앞으로 마무리 잘하시고, 다음 대통령에게 전달하고 또 전달했을 때 대한민국 평화의 통일 시대가 온다, 이 말입니다. 이번에 고 정주영 회장님 나를 찾아와서 급을 좀 올려달라 부탁하는 겁니다. 급이 낮으면 곧 발복기도를 해야 합니다. 급을 올려주면 자기 자신들에게 알릴 수 있다는 것입니다. 돌아갔는데도 꿈이 있더라는 것입니다. 내가 계속 영계를 들어가 영을 접속해 보니, 이것이 사실이라는 겁니다. 진짜입니다. 다시 한번 분명히 말씀드리지만, 정씨 집안에서 대통령이 나올 것이라 자부합니다.

현대그룹 자손들은 보시어요

-보연. 박가영

그대들은 미래를 위해
계획을 세우고
무엇을 위해
정성을 들이는가

그대의 선조 되시는 분
현대그룹 정주영 회장은
모두가 반대하는
고속도로를 만들고

저 멀고 먼 사우디
모래 위에 건물을 세우고
도로를 만들어
대한민국의 기상을 높이셨네

누구를 위해서인가
내 조국이 강해야

내 자식들이 편안하고
앞으로 태어날 후손들이
잘 살아가기를 바라셨기에

후손들이여
보이지 않는다 하여
없는 것이 아니며
듣지 못한다 하여
말 없음이 아니라네

일파 대사님의 예언을
가벼이 여겨서는
아니 될 것임을
명심들 하시기 바라네

즉문 2 정씨 가문은 어떻게 받아들이고 준비해야 예언이 이루어질 수 있는지요?

즉답 2 예. 이것이 바로 핵심 문제입니다. 저는 일개 개인입니다. 저는 지장보살님의 영을 받아서 떠도는 영가들을 천도하고 발복기도를 통해 급을 올려주는 역할을 합니다. 그 후손들은 아무것도 모릅니다. 기업은 벽이 너무 두꺼워 철벽입니다. 저를 알고 싶다면 저를 취재해 보십시오. 그러나 그분들은 저를 모르잖아요. 제가 27년 동안에 해왔던 예언을 믿었으면 박근혜 전 대통령은 절대 탄핵당하지 않았습니다. 징역 안 갔습니다. 1997년에 시작해 고 박정희 대통령 묘 그리고 생가에서부터 시작해 박근혜 전 대통령이 당 대표를 할 때도 미국에서 이를 예언하고 편지를 꾸준히 보냈지만, 연락은 절대 오지 않았습니다. 앞에서도 언급했지만, 지난해 목사님을 통해 자손을 만나게 되었지만, 목사님께 따로 말했습니다. "이제는 끝났습니다. 더 이상 인연 맺지 않겠습니다. 그 당시만 만났어도 될 수 있었지만…"

현대는 이 교훈을 깊이 새겨야 합니다. 현대도 저랑 만난다면 후손에서 대통령이 나올 수 있는 것이고 대화도 되고 노력도 함께할 수 있는 것이지요.

삼성은 정말 너무나도 내가 원통합니다. 앞으로 얼마나 큰 손해를 입게 되는지 상상할 수 없습니다. 삼성만 손해보면 괜찮지만, 우리 삼성이 대한민국의 제1의 반도체 기업이잖아요. 삼성이 어려워지면 전 국민이 어려워져요. 박사 한 명이 다른 1만 명을 먹여 살리는 이때, 삼성이 잘 돼야 나라가 잘 됩니다. 저는 삼성에 손을 떼었지만, 그래도 한번 기다려 봅니다. 동영상을 보시고 책을 보시고… 뭔가 느낀다면 연락이 오겠지요.

통일은 정씨를 통해 이뤄진다

-보연. 박가영

천명의 부름을 받아 걸어오신
27년 동안의 예언들이
틀린 적 없건만
들어야 할 사람들은 왜
아니 들으려 하는가?

일파 대사님의 예언
피 토하는 심정으로 전하니
현대 정씨 집안은 들으시오.
준비하시오.

예언이 있으되
준비하는 자에게 오고
과정을 거쳐 이루어 짐을
모르는 자 없을 것이니
잘 알아듣고 준비하시오.

나라를 살리고 집안의
이상을 높이는
하늘이 주시는 복이요,
정주영 회장님이 바라고
기다리는 희망이라오.

(대예언) 20년후 고 정주영회장님 후손들중 남북평화통일의 주역이 될 지도자가 나온다

대예언: 정주영 회장 후손들에게서 평화통일할 대통령이 나온다

자세한 내용은 유튜브 채널 [아름다운 새영별]과 [효학문 연구소]에 있으니많은 관심 부탁드립니다.

일파 대사의 예언: 20년 후, 대통령은 현대그룹 정주영 회장의 후손이 된다.

-보연. 박가영

천기누설, 그렇다
20년 후에 일어날 천기누설을
세상에 알리고, 현대그룹
가문에 영광의 꽃봉오리가
피어나고 있음을 말한다

좋은 씨앗이 있어야!
좋은 꽃을 피우고
좋은 거름을 주어야 영양을 받는다
그리고 성심껏 잘 가꾸어야 벌레가
먹지 않고 온전히 자라준다

씨앗은 좋은 조상으로부터
받을 수밖에 없음을
알고 있으나 모른 척 넘어가려
눈 가리고 아웅 한다

쌓은 공덕은 헛되지 않다
는 것을 하늘은 예언을 통해
우리 모두에게 알려
눈을 뜨고 귀를 열게 하신다

정주영 회장님이 남기신
업적은 너무나 많다
나라의 발전을 위해서라면
쉬지 않으셨고 화합된

가정을 만드셨다

영의 세계는 나의 조상이
살아가신 역사에 남기는 것이며
이 땅에 사는 우리는
역사의 옷을 입고 살고 있다

현대그룹 집안은 이렇게
태어나고 발전되었으면
많은 산업을 지었기에
새 역사를 창조할 위인이
뿌리내려 싹트고 있음을
예언으로 알려 주시는 것

2.
일파 대사를 만나다

장미꽃 활짝 피어 단결 꽃잎에 이슬방울 구르는 아리따운 나이에 저 창공을 날아 태평양을 가로질러 도착한 거대한 나라 미국. 부모·형제를 떠나 꿈을 안고 결혼의 인연으로 제2의 인생을 만들어 가겠다는 야무진 다짐. 언어와 문화의 차이도 크게 느껴지지 않았다.

시댁의 배려와 사랑의 마음들을 아끼지 않으셨고 시댁 회사에 한국 사람이 있어서 도움을 받기도 했다. 시댁은 시할아버지 때부터 사업을 해온 경제적으로 아주 부유한 집안이며 시아버님은 한국 전쟁 때 중요한 직책을 맡아 한국을 다녀오신 분이다. 남편은 가족 회사에서 책임을 맡아 시애틀로 떠나 일하게 되었다. 부러울 것 없이 그렇게 세월이 흘러 2남 2녀를 낳아 아이들이 자라듯 큰 부를 누리게 되었다.

집은 아름다운 일본식 정원에 둘러싸여 있고 집 뜰 한곳에는 지꾸지 핫탑이 있었다. 웅장한 이층집에 차고는 4개, 거기에는 차 3대에 모터사이클도 있었다. 가끔 한국에서 언니와 오빠가 오시면 헬기를 예약해 시애틀과 오리건주를 비행하며 구경시켜주는 자상한 남편이었다. 집에는 나를 도와주는 한국 아줌마, 주말이면 시애틀 눈산이라고 부르는 레이니어산을 자주 다녔고, 시애틀 워싱턴 호수에 아이들 데리고 요트를 타고 나가 물 위에서 놀다 요트에서 밤을 새우고 뒷날 돌아오곤 했다. 그렇다. 영화에서 볼 수 있는 요트다. 워싱턴 호수는 물결이 잔잔하고 맑으며 특히 눈부시도록 푸른 하늘 주위의 경치는 장관이다.

남편은 사업을 시작하였고 행복한 시간은 사계절이 언제 가고 오는지도 모르게 아이들은 무럭무럭 자라 웃음꽃 활짝 피었다. 한국에서 진주 시립무용단원으로 활동하였기에 한글 학교에 무용 과목을 가르치는 봉사활동을 할 수 있는 시간이 즐겁기만 하였고 하나님께 감사의 기도는 늘 하는 하루의 일과였다.

아이들 웃음소리

-보연. 박가영

꽃향기 그윽한 나의 정원
벌 나비 너울너울 춤을 추며
향기 찾아
이곳저곳 기웃거리네

향기에 취하여 가시의
아픔 느끼지 못하다
날갯짓 빠르게 날아오르네

풀 냄새 꽃향기 어우러지는
황홀한 정원에 술래잡기하는
사랑스러운 나의 아이들

꽃바람 코끝에 매달려
감미로운 여운을 남기고
아이들 웃음소리
행복 미소 피어오르네

그러던 어느 날 뭔가 서서히 어려움이 다가오기 시작했다. 하지만 잘 될 거라는 믿음을 가지고 최선을 다하였으나, 교묘한 수법에 너무도 어처구니없게 사기를 당하고 말았다. 3백억이 몽땅 날아가고 말았으니, 하루아침에 빈털터리가 된 것이다. 하늘이 캄캄해졌고 주저앉을 수밖에 없었다. 어린 내 아이들은 어떻게 키워야 할 것인가 당장 어디로 가야 하나 아이들 몰래 울 수밖에 없었다. 어쩔 수 없이 파산하고 시댁 쪽으로 이사를 하여 시댁의 도움을 받으며 남편은 다시 직장을 다녔고 아이들은 계속 사립학교에 다닐 수 있도록 시댁에서 도와주셨다. 미국 사립학교 학비는 대학교 학비와 같다. 아이들은 다행히 좋은 학교에 다니고 있었지만, 남편은 자리를 잡지 못하고 직장을 그만두었다. 가정형편이 이루 말할 수가 없었다. 내가 일자리를 찾기 시작했다. 다행히 아이들이 학교에 다니고 있어 시간제로 다닐 수 있었다. 그러면서도 무용 가르치는 봉사활동은 계속해왔다. 문화원이 만들어져 단장으로 단원들과 같이 활동하며 공연하러 다녔고, 시청 초중고 대학 도서관을 다니며 우리 문화를 알렸다.

도서관에서 5개 국가만 선정하여 각 도서관을 돌며 우리 문화를 알리는 좋은 기회도 가질 수 있었다. 내가 한국인이라는 긍지와 나의 문화를 알리는 자부심은 나에게 큰 힘이 되어 주었으며, 무엇보다도 바쁘게 움직이는 것이 나에게 다른 생각을 할 기회를 주지 않았다. 무슨 생각이 들지 않았겠는가. 이들이 잠든 밤이면 다가오는 공포와 불안감! 내가 앞으로 살아갈 인생길에는 거대한 산이 가로막고 있었다. 숨을 제대로 쉴 수도, 뒤로 돌아갈 수도 없으니 난 어쩐다는 말인가! 밤이면 술을 마시던 남편은 아예 밤을 새우며 술을 마시기 시작했고, 술에 취하면 모든 문제의 원인은 나에게로 돌아왔고, 참다못한 나는 문제의 이유를 설명하다 따지기 시작했다. 우리들의 다툼은 국제 싸움으로 번져 갔고 나는 화풀이 대상이 되어가고 있었다. 아침에는 일어나지를 못했고 남편은 그렇게 무너져 내리고 있었다. 아이들은 정신적으로 힘들어 심리치료사를 찾았다. 차라리 꿈이라면 제발 깨어나고 싶었고 잘 수도 먹을 수도 없었다. 몰래 많이도 울었다. 죽고 싶은 생각이 어찌 들지 않았겠는가. 그러던 어느 날, 남편은 더 이상 이런 생활을 이기지 못해 가정을 버리고 돈 많은 부모님에게 떠나버렸다. 그때부터 시댁은 나와 아이들을 아주 냉대하기 시작했고 경제적 도움은 생각조차 할 수 없었다. 하늘이 무너진다는 말을 이럴 때 쓰는 말인가 보다. 난 진짜 미국인이 아니다. 변변한 직장도 없는 나에게 4남매를 키우기에는 너무도 힘든 일이었다. 아이들에게 있는 그대로 말할 수가 없었으며 마음을 다친 아이들에게 경제적 어려움까지 말하기에는, 차마 입이 떨어지지 않았다.

무더운 여름날 창문을 열고 운전할 수밖에 없는 일이 많았다. 기름값을 아껴야 하고 렌트비를 내야 하며 아이들을 먹이려니 무조건 안 쓰는 방법밖에 없었다. 그렇게 해도 충당되지 않아 버티다 못해 난 용기 내어 언니에게 전화하기로 마음먹었다. 그렇다고 이런 사정까지 언니에게 다 말할 수 없었다. 너무나도 놀랄 언니를 생각하니 차마 입이 열리지 않았다. 처음으로 언니에게 자존심도 내려놓고 어렵다는 이야기만 간단하게 했다. 다행히 나를 잘 아는 언니는 아무 말 없이 경제적 도움을 주기 시작했다. 딸내미가 한국에 가고 싶어 할 때 언니는 비행기표부터 집에 돌아올 때까지 다 해주었고 어학 공부도 시켜주었다. 방학이면 집을 떠나 이모님 집 한국으로 가고 싶어 하면 언니는 모든 준비를 해서 첫째와 둘째 조카를 도와주었다. 시간이 갈수록 상처가 깊어만 가는 아이들의 아픔을 바라보는 나의 마음은 바로 지옥이었다. 내가 아파줄 수도 없었고 꿈이 아니니 깰 수도 없었다. 텔레비전에서 보는 금쪽같다는 내 새끼에 비할 수 없는 힘든 현실에 난 지쳐만 갔다.

그러나 무너질 수 없었다. 난 기도에 매달렸다. 하나님을 믿는 사람이면서 유명한 무속인을 찾았다. 얼음이 꽁꽁 얼어 있는 겨울밤 21일 산 기도를 다녔다. 한국 방문 때마다 빠지지 않고 산 기도를 갔다. 하나님, 부처님, 천주님, 산신령님께 기도드리고 조상님께 도와달라 부탁드렸다. 난 울면서 매달렸다. 나와 내 아이들을 도와줄 수 있는 귀한 인연을 만나게 해 달라고 난 정말 오랫동안 기도했다.

기도에 매달렸고

울면서 호소했다

-보연. 박가영

앞에 놓인 저 높은 산을
내 어이 넘을꼬
깜깜한 내 앞길 무슨 수로
길 밝힐 등불을 구할까?

원망스러운 이 세상
내 설 자리 있기나 한 건가?
앞을 보고 뒤를 보아도
사방이 다 막혔네

내 어이 네 남매를 먹이고
재울까나
암담한 인생길
가고 싶지 않지만
그래도 가야 한다니
거부할 힘도 없다네

기도에 매달렸고
울면서 호소했다
내 아이들을 도와 달라고
어머니의 마음으로…

2016년 어느 날, 간절히 기도하던 중 나를 도와주실 분을 만나게 될 거라고… 유튜브를 들으면서 집 안 정리하던 중… "일파 스님입니다"라며 그분은 효학문에 대해 설명하셨다. 계속 들으면서 나의 귀가 솔깃했다. 난 효학문 유튜브 동영상을 찾아 1주일 동안 계속 들었다. 그런데 나를 도와주실 분이기를 바라면서도 의문이 생겼다. 천도재에 대해 말씀하시는 것이었다. 평생에 단 한 번 하는 것이며 본인이 직접 실험해 보라는 것이었다. 여자는 결혼하면은 남편 집안에 입적이 되기에 시댁을 해야 한다고 하셨고, 아이들의 조상 되시는 시댁 5대조까지 하는 것이라고 하셨다.

기다리던 인연이 분명하다는 생각이 들어 카카오톡으로 문자를 드렸고 통화를 할 수 있었다. 사진, 이름, 집 주소를 드렸더니 나에 대해 어렵게 살아온 것을 아셨다. 그 어려운 상황을 안타까워하시면서 틀린 것이 하나도 없어서 정말 놀라기도 하였고 혼란도 왔다. 이런 대화를 스님과 해보지도 않았는데 말이다. 특히 일파 스님께서 이렇게 내 현실 상황과 과거를 아신다는 게 나에게는 놀랍고 생소했다. 집터가 중요하니 거실 사진을 찍어 보내라고 하시면서 아이들이 집에 있으면 아이들 사진도 찍어 보내라고 하셔서 찍어 보냈다. 스님은 아이들의 사진을 보시더니 집터와 집안 천도재를 빨리하는 것이 중요하다고 말씀하시는 것이었다. 그때도 아이들은 정신적으로 매우 힘들게 지내고 있었다. 천도재의 중요성을 설명해 주셨고 아이들의 상태에 대해 다 알고 말씀하시는데 더 이상 물어볼 말이 없었다. 힘들어하는 아이들을 볼 때마다 나 자신이 싫었고 시댁이 싫어졌다. 돈 많은 집안에서 일어나는 일들은 많다. 물론 좋은 일들도 있지만 반대의 일들이 더 많다. 난 후회가 되었다. 왜 많이 낳아서 아이들도 나도 힘들게 살아가야 하는지, 아이들에게 더 많이 미안해졌다. 그리고 집터에 있는 영혼들을 쫓아내는 것이 아니라 좋은 곳으로 잘 보내주는 것이 진짜 천도재라고 말씀해 주셨다. 나는 당장 천도재를 하고 싶었지만, 돈이 없었기에 조금만 시간을 달라고 말씀드리고 언니에게 도움을 받아 일파 스님께 전화를 드렸다. 그렇게 천도재를 해주셨고 같이 기도하면 좋으니 기도 하라고 하셔서 나도 같이 기도를 시작했다.

3.
일파 스님께서는 나의 희망의 불씨에 불을 붙여 주셨다

얼마간 시간이 지나면서, 나도 아이들도 마음이 편안해지는 것을 느낄 수 있었다. 얼마 후에 큰딸이 집에 왔는데, 엄마 집에 들어오니 마음이 편안하다고 이야기하기에 아주 기뻤다. 그저 도와주신 일파 스님께 감사할 뿐이었다.

아이들이 많이 좋아졌고 직장도 열심히 다니면서 계속 좋은 직장으로 옮겨가는 것이었다. 나도 큰 회사로 직장을 옮겨 수수료를 받고 일하는 좋은 기회가 왔으며 나아가 회사에서 탑 5에 들었다. '한국인이 미국 사람들 틈에서 일을 잘하고 있다'는 평판에 내 나름의 자부심이 생기며 힘이 났고 자연히 가정형편도 좋아지기 시작했다.

감사하는 마음으로 하루하루를 보내는 어느 날 회사에서 나에게 좋지 않은 일이 일어났다. 갑자기 매니저가 나를 부르기에 급히 사무실로 갔다. 매니저의 이야기는 나를 좀 당황하게 하였다. 나는 손님들에게 친절하기로 소문났는데, 손님이 불평했다는 것이었다. '그럴 수도 있겠지' 하고 "조심하겠다" 하고 내 자리로 왔는데… 다음날 다른 매니저가 또 부르는 것이었다. 무슨 일인가 물어보았더니, 이번엔 다른 손님의 불평이 들어왔다고 했다. 나는 말이 나오지 않을 정도로 놀라고 기가 막혔다.

세 번째로 나의 매니저에게 호출받아서 간 날은 어머니날이었다. 아주 매장이 바쁜데 매니저가 나를 불러서는 "3번째 불평은 같이 일하는 동료들에게서 들어왔다"며 서류를 사무 처리해야 하니 서류에 사인하라면서 간단하게 설명해 주었다. 나는 매니저가 별것 아니라고 하기에 믿었고 마침 손님이 기다리고 있어서 사인하고 내려왔다.

그런데 며칠 후, 다시 종이를 주면서 반성문을 써오라고 하기에 자초지종을 물었더니 본사로 보내야 한다는 것이었다. 결론을 말하면, 3번 불평이 들어오면 직장에서 해고될 수도 있다는 것이었다. 말이 나오지 않았다. 매니저 본인이 서류 준비를 도와줄 테니 내일 오면 마무리하자고… 마침 그때 큰딸이 집에 와있어서 설명했다. 딸은 이렇게 말했다.

"엄마, 일단 내일 회사에 전화하고 집에서 쉬어."

그리고 덧붙여 이렇게 말했다.

"엄마, 그런데… 그건 인종차별이야."

딸의 결론이었다. 딸의 말이 정확했다.

마침 회사 총매니저가 휴가를 떠난 상태여서 전화해 물어볼 수도 없는 답답한 상황이었다. 이번 총매니저는 뉴욕에서 왔기에 어쩜 이런 일들을 잘 알고 있었는지도 모른다.

처음 왔을 때, 사무실로 불러서 나에게 본인의 사무실 문은 언제나 열려있으니 언제나 필요하면 오라고 두 번이나 말해 주어서 나는 믿음이 갔었다.

시애틀에서 인권 보호 부문에서 일하는 딸의 친구와 이야기를 나눈 뒤, 큰딸과 친구 둘이서 서류를 작성해서 내일 가지고 가라기에 딸의 말을 믿고 따랐다.

그리고 딸이 본사와 지금 있는 총매니저 인사부에 이메일을 보냈다.

시간은 오래 걸렸고 본사와 전화로 인터뷰도 했었다.

기다리는 시간은 지옥이었고 난 정말 한국으로 당장이라도 가고 싶은 심정이었다.

마침내 그날이 왔다.

매니저가 들이민 서류에 사인을 하기까지 겪은 모든 고난의 이유가 밝혀졌다.

시작은 이랬다. 동양인인 내가 회사에서 일을 잘해서 돈을 많이 벌어 가는 것에 질투를 느낀 직원들이 짜고 일을 벌인 것이다. 나는 회사에서 문제를 일으킨 일이 없고 언제나 웃으면서 일하고 양보했을 뿐이다.

시간이 흘러 모든 사건의 전말이 밝혀지고 매니저는 해고당했다. 미국이라는 나라는 아직도 백인들의 우월주의를 깨지 못한 것이 사실이다. 나를 괴롭히려고 했던 사람들 모두가 백인이다. 나는 아직도 그들과 함께 일하고 있다. 내가 하늘에 감사 하는 것 중의 하나가 그들에게 미운 마음이 가지 않는다는 것이다.

너무나 힘든 시간이었기에 잊지 않아야지 하면서 마음도 강하게 먹었었다. 그런데 지켜지지 않는다. 그래서 더 감사할 수밖에 없다. 상대를 미워하는 만큼 나의 평온을 앗아 가는 것을 나는 알고 있다.

일파 대사님의 효학문 천도재를 통해 운은 나에게 손을 들어 주었음을 알기에 진심으로 감사 드릴뿐이다.

누구보다도 나의 언니가 제일 기뻐했다. 한국 방문 때 언니와 같이 양산 성불사 포교원에 계시던 일파 스님을 처음으로 찾아뵈어 인사드렸다. 그때 언니도 천도재 소개를 스님께 부탁드렸다. 동생을 지켜본 언니지만, 언니는 기독교 신앙을 오래 가져온 사람이니, 여쭤보고 싶은 것들이 많았을 것이다. 스님께서 상세하게 설명해 주셨다. 나도 직접 다시 들을 수 있어서 좋았다. 효학문은 1350년 전 원효대사로부터 전해 내려오는 비법이며, 천도재는 평생에 단 한 번만 하는 것으로 좋은 영계로 간 조상은 천도재를 할 필요가 없으니 직접 실험해 보라고도 하셨다. 천도재 후 발복기도를 계속하면 다른 영혼들이 고마워서 도와주는 것이 발복기도다. 천도재와 발복기도를 통해 후손들이 좋아지고 복을 받게 되는 것이다. 다른 곳에서 천도재를 해마다 하라고 하는 것은 잘못된 것이며, 진짜 천도재가 아닌데도 불구하고, 많은 사람이 어려운 형편에 가짜 천도재에 어렵게 벌어온 돈을 쓴다는 현실에 마음 아파하셨다. 많은 어려운 사람들이 속고 있는 현실에 많은 도움을 주고 싶지만, 그렇게 하시지 못하는 상황에 안타까워하시며 거짓말이 판치는 세상이라며 화를 내셨다. 언니는 특별히 해야 할 것이 없지만, 천도재를 하면 아이들이 좋아지고 좋은 일들이 있을 것이라고 하셨다. 언니도 많이 좋아졌고 미국으로 돌아온 후, 나와 아이들은 계속 좋아졌고 경제적으로도 놀랄 만큼 좋아진 것이다. 내 혼자의 힘으로 단 7년 만에 엄청난 부를 얻었다. 지금도 스님께서는 나와 나의 가족을 위해 발복기도를 해주시며 하늘이 부르실 때까지 계속하실 거라고 말씀하셨다. 천도재와 기도를 해주시는 일파 스님께 감사드린다. 나와 아이들, 우리 가족이 이렇게 잘 되고 있음에 나 어찌 감사드리지 않을 수 있단 말인가! 나와 같이 어려움을 겪은 사람들이 진짜 천도재를 통해 어려움을 벗어던지고 행복하게 살아가는 것이 나의 바람이다.

기도의 응답

-보연. 박가영

하늘은 무심하지 않으셨다
효학문 연구소
유튜브의 동영상이 나의
귀를 열고 눈을 뜨게 했다

천도재의 비법
나를 공부하게 하였고
아이들을 도울 수 있으며
내가 살아가는 힘이다

일파 스님을 만날 수 있었던 것은
기도의 응답이라 나는 믿는다
천도재를 하고
기도를 시작하였다
기도의 힘은 위대하다

"진짜 천도재는 평생에 단 한 번 하는 것"이라고 일파 스님께서 말씀하셨다. 이 말씀을 따라 실험해 보라. 누구라도 실험하면 알 수 있다. 천도재를 한다고 다 같은 천도재가 아니라는 것을 많은 사람이 알았으면 하는 바람이다. 이 비법은 1350년 전 원효대사 님으로부터 사대부에게만 전해져 내려오던 효학문 비법이다. 이를 청송 선사님으로부터 전수받은 일파 스님은 효학문 비법의 마지막 제자이시다. 이 비법은 오직 일파 스님께서만 하실 수 있는 효학문의 비법이다. 평생 한 번 하는 것이라는 것을 부디 명심하시길 바란다. 아쉬움이 있다면 '내가 좀 더 일찍 일파 스님을 알지 못했을까' 하는 아쉬움이다. 다른 사람들은 나와 같은 큰 아픔을 겪지 않기를 바라는 마음에… 부디 이 글이 많은 사람에게 전달되어 평탄하고 행복한 길만 가시길 바라는 엄마의 마음이다. 그렇다, 나는 엄마다. 그렇기에 엄마의 심정을 이해한다. 우리 엄마들은 어디를 가나 아이들이 엄마 하고 부르면 그쪽으로 고개를 돌리게 된다. 왜? 우리는 엄마이니까! 일파 스님께서 쓰신 책 15권 중에 특히 『대운의 터』 그리고 『명품 자녀 만들기』 책을 꼭 읽어보길 바란다. 나에게 많은 도움을 준 책이기에 감히 추천한다. 기회가 된다면 일파 스님의 자서전 『다시 세상 속으로』도 일독을 권한다. 이 책을 읽고 일파 스님도 우리와 같은 보통 사람이기에 인생의 아픔을 견디기 힘들어 부산 영도 다리에서 뛰어내릴 수밖에 없었던 심정을 이해할 수 있었다. 그래서 나는 종교를 따지는 마음을 내려놓을 수 있었다. 기독교, 천주교, 불교 등 종교를 초월한 일파 스님의 효학문 비법은 나와 내 자녀들을 구하고 명품 자녀로 만들어 주고 계셨다. 나도 같이 기도하며 하루하루가 달라지고 있음을 느낀다. 나는 일파 스님의 유튜브 채널 〈효학문 연구소〉 그리고 『아름다운 새영별』을 거의 다 보았고 인터뷰를 직접 했다.

일파 스님께 직접 물어보고 답을 듣고 싶어서였다. 일파 스님께서 말씀하신 것이 틀린 것이 없으며 27년 동안의 하신 예언의 말씀이 사실이었고 그것이 내가 이 글을 쓰게 된 동기가 되었다.

커피 한 잔의 여유

-보연. 박가영

아침 출근 전
커피 한 잔의 여유
포근한 소파에 앉아
커피 향 맞으며
한 모금의 따뜻함
온몸에 퍼지는 느낌

입가에 미소가 번진다
난 혼자 속삭인다
감사합니다
정말 감사합니다

아늑하고 평화로운 내 집
여기까지 이끌어 주신
하늘에 감사드리며
효학문을 알게 해주신
일파 대사님께
감사의 마음 전합니다

일파 스님은 박근혜 전 대통령의 탄핵과 삼성그룹 이재용 회장의 구속을 한 치의 오차도 없이 예측했다. 또한 9·11 테러 당시 단돈 200만 원으로 단 하루 만에 1억 원을 벌어들이기도 했다. 더불어 고 노무현 대통령의 당선을 예언했고, 죽은 것으로 알려진 미국 캘리포니아 공대학장 세이 교수를 살려냈다고 전해진다. 이처럼 일파 스님의 예지력과 능력은 실로 말할 수 없이 놀라우며, 한 번도 틀리지 않았다.

300억 원을 날리고, 깊은 시름에 빠졌을 때 일파 스님을 알게 되었으며, 스님의 도움으로 다시 한번 크게 일어서며 전에는 상상할 수 없을 정도의 놀라운 성공을 거둘 수 있었다. 이처럼 일파 스님의 능력을 누구보다 잘 알기에 지금도 일파 스님을 적극적으로 후원하고 있다. 그리고 스님의 소름이 끼칠 정도로 놀라운 능력과 예지력을 더 많은 사람에게 알리기 위해 이 글을 집필하고 있다. 여러분 모두도 일파 스님을 한마음으로 후원하고 응원해 주시기 바란다. 우리가 힘을 합치면 반드시 대한민국을 구할 수 있을 것이다.

한편 일파 스님은 현대그룹 정주영 회장의 후손 중 한 명이 틀림없이 향후 20년 내 대통령이 될 것이라고 예언했다. 이를 위해 스님은 지금도 계속 현대 가문을 위해 기도하고 있으며, 이를 통해 한반도의 평화통일이 이루어질 것이라고 말한다.

지금도 여전히 일파 스님은 대한민국을 위해 끝없이 열심히 기도하고 계신다. 대한민국의 밝고 희망찬 미래를 만들 수 있도록 여러분 모두 함께 힘을 모아 일파 스님과 꼭 동참하기를 바란다.

원효대사 님의 비법으로
명품자녀 만들고 계시네

-보연. 박가영

원효대사 님의 위대하신
업적을 모르는 자 있으랴
해골바가지의 물 마시고
영의 세계를 통달하신
1,350년이 지나왔음에도
변하지 않은 하늘이 내리신
원효대사 님의 비법으로
일파 스님을 통해
명품 자녀들 만들어지네

내 자녀가 명품 자녀 되고
가족들이 행복하고
건강하고 출세한다면
누가 감히 잘못되었다
말할 수 있는가?

일파 스님께서 전수하여
누구도 할 수 없는 비법으로
나라를 살리고 내 가정을
도와주겠다 하시는데

사람들은 뿌연 안개에 싸여
보지 못하고 듣지도 못하니
애달프고 쓰라린 가슴
누구를 잡고 호소하랴?

4.
일파 대사님과의 인터뷰 - 박성원

4-1. 고 노무현 대통령을 당선시키고 죽음 예언

박성원 대사님. 대사님의 유튜브(아름다운 새영별, 효학문연구소)를 보았습니다. 그리고 대사님의 저서 『대운의 터』도 읽었습니다. 소문대로 대사님이 대단하신 분임을 다시금 알게 되었습니다. 모든 것이 사실로 이루어진 역사적인 기록들이기에 아니 믿을 수 없음에도 놀라게 됩니다.

대사님. 그래서 여쭈겠습니다. 대사님은 2002년 대선에서 노무현 후보를 당선시켰습니다. 노무현 대통령과의 인연과 당선 비법을 한번 말씀해 주십시오. 모두 생생하게 기억하고 있습니다. 집권 여당의 후보인 한나라당 이회창이 대통령에 당선될 거라고 말할 정도로 이미 정황은 이회창 후보를 머리 위에 올려놓고 있었습니다. 사실이 또한 그랬습니다. 인지도, 유명세, 인맥, 조직, 자본, 선거, 판세 및 대세 등 모든 지표는 이회창 후보를 말하고 있었습니다.

절대 열세로서 상대가 되지 않는 노무현 후보를 어떻게 해서 당선시켰는지 묻지 않을 수 없습니다. 전문가들도 마찬가지고요. 노무현 후보는 불가능이다. 오직 이회창 후보가 당선될 것이라는 돌이킬 수 없는 선거 상황에서 무슨 방법으로 노 후보를 당선시킬 수 있었습니까? 자세히 말씀해 주십시오.

일파 스님 예, 말씀드리겠습니다. 2001년도 초가을이었습니다. 그때 제가 계룡산 동학사 인근에서 수행 기도 중이었습니다. 한 중년 남자가 찾아왔습니다. 노란색 잠바를 입고 동학사 입구 한국 전통찻집인 동다송에서 대담을 나누었지요.

- 스님, 제가 노무현입니다.

- 예, 그래요. 청문회 스타시군요. 무척이나 바쁘신 분이 어떤 일로 소승을 찾아오셨습니까?

- 단도직입적으로 말씀드리겠습니다. 대사님 제가 이번 대

선에 출마하려고 합니다. 당선할 수 있겠습니까? 마음을 정했습니다마는, 먼저 대사님의 고견을 듣고 싶습니다.

당시에는 당내 경선도 치르지 않은 상황이었습니다. 선불리 말하기가 어려울 때였습니다. 잠시 얼굴을 주목하며 조심스레 신중하게 더듬어 보고 그리고 영계를 보았습니다.

- 같이 가시지요.
- 대사님 어디로 가시는지요?

대전 현충원을 찾아 영계의 한 절차인 시범을 보이고 발복 기도를 드렸습니다. 그러고 나서 벤치에 함께 앉아 예언했죠.

- 당선시켜드리겠습니다. 당선됩니다. 같이 노력하죠. 대신 한가지 약속하셔야 합니다.
- 말씀하십시오.
- 지금 제가 발복 기도를 마친 대전 현충원 서울 국립묘지를 비롯한 전국 강산에는 구천을 떠도는 영혼들인 영가들이 많이 있습니다. 일제 투쟁의 독립군들, 국내 및 민주 연해주의 독립군, 일

제 총독의 강압 통치에 의한 중 일 전쟁-태평양전쟁을 통해 희생된 수백만의 영혼들, 6.25 동족상잔으로 피 흘린 수백만의 영혼들, 제주 4.3항쟁 독재 민주항쟁 등에 이르기까지 수없이 많은 영가가 있습니다. 청와대, 국회의사당, 정부 각 부처에 호국영령과 있는 원귀들, 조상을 천도하고 싶어도 할 수 없는 빈한한 가정들, 이들을 도와 영가들이 구천을 떠도는 일이 없도록 편안하게 모셨으면 좋겠습니다. 이들을 천도하지 않고는 이 나라가 평온할 수 없습니다. 태평을 누릴 수 없습니다. 세종시 공약과 천도, 꼭 기억하시겠습니까?

- 예, 마음에 두겠습니다. 오늘의 은혜를 잊지 않겠습니다. 대신 저를 위해서 끝까지 기도해 주십시오. 대사님의 범상치 않은 능력을 믿기 때문입니다.

그렇게 약조하고 특별천도와 발복 기도가 시작되었습니다.

바람을 따라 하늘을 보니 신상(계룡산)의 파란 하늘이 푸른 강으로 보인다. 파란 하늘길을 따라 달리는 파란강 하늘강…. 이내 구름이 덮여 신비를 더한다.

민주당 당내 경선, 극적으로 노무현 후보가 대통령 후

보로 선출!

대통령 선거전 상대 당인 한나라당의 이회창 후보에 절세 약세인 노무현 민주당 후보 선거전이 가열될수록 조금씩 힘을 실어 나가더니, 중반쯤 되어 상승하기 시작한다. 선거 열기가 뜨거워진다. 드디어 노무현 후보가 승부수를 던진다. 정몽준 후보와의 담판을 짓는다. 공개 국민 경선이라는 새로운 방법으로 노무현에게는 불리하지만, 결국 그는 승리를 거머쥔다. 비로소 노무현 후보의 지지세가 올라간다.

그러나 누가 알았으랴?

선거 열기가 가장 뜨거운 선거전 1주일, 정몽준 후보가 노무현 후보의 지지를 철회할 줄을….

선거는 끝났다. 아니 끝난 것이나 마찬가지다. 그러잖아도 집권당의 이회창 후보가 멀리 앞서가고 있는 상황에서 자신의 온몸을 던진 단일화 국민 경선에서 힘겹게 얻은 승부수가 이젠 부메랑이 되어 돌아왔으니… 모든 것을 포기할 수밖에 없는 상황이다.

그때 제가 말했습니다.

- 노 후보님, 정몽준을 찾으러 가십시오. 공개석상에서 공개로 철회했기에 문을 안 열어주어도, 그래도 기다려야 합니다. 대문이 열릴 때까지 선거는 반전이 될 것입니다. 소승 일파가 철야 기도 하고 있으니 힘내시고 이 운명의 고개를 반드시 넘으셔야 합니다. 즉 이번 대선의 승패는 여기서 좌우됩니다. 승패는 여기서 결정됩니다.

정말 열심히 기도했는데….

정몽준 대문이 열리도록 밖에 선 채로 기다리는 노무현 후보. 굳게 닫힌 대문… 시간이 흐른다. 천년의 시간처럼 하염없이 기다리는 노무현 후보. 방송을 통해 전국 온 국민에게 이 모습이 생생히 중계된다.

그런데도 선거일은 어김없이 닥쳐왔다.

선거 시작-개표 시작-개표 초반부터 이회창 후보가 앞서 달린다.

그런데 이게 웬일인가?

개표 시간이 흐를수록 노무현 후보의 표가 조금씩 불어난다. 중반을 넘어서고 종반에 가까이 가니 두 후보의 표가 근사치가 된다. 막판 역전이다. 충격이다. 누구도 예상 못한 일이기에 노무현 후보의 당선이 더 충격이다.

그러나 일파 대사의 예언대로 하늘(국민)은 노 후보를 택했으니…

운정식당 사장님(김점동), 정다송 찻집 사장님과 함께 개표 방송을 지켜보던 일파 대사가 밖으로 나간다. 눈물을 흘린다. 방성대곡의 십상에 젖은 듯 하염없는 눈물을 흘린다.

해낸 것이다. 16대 대통령 당선을…

즉시로 제자들과 함께 만사 정리 후, 상경해 제자인 김성희의 집이 있는 압구정동에 사무실을 낸 일파 대사.

청와대의 후원과 함께 시작될 효학문연구소 그리고 효원출판사를 차린다. 그런데 어찌 된 일인가? 아무런 연락이 없다. 기다리다 지친 일파 대사가 전화를 건다. 퉁명스러운 비서진들 나중에는 오히려 짜증을 낸다.

그러기를 일 년, 이 년, 삼 년, 오 년… 결국 퇴임 때까지 아무런 연락을 받지 못한다. 구천을 떠도는 이 땅의 수많은 호국영령, 전국 유명 곳곳에 산재한 원귀들이 천도를 받지 못하고…

다시 산으로 들어가는 내 심정은 그저 아리기만 하다. 회한이 된다.

지리산 내대리 마을에 있는 청천암에서 다시금 수도에 정진하는 일파 스님. 어느 날 새벽 불현듯 꿈에 노무현 대통령(죽음)의 꿈을 꾼다. 너무 놀라 잠에서 깬 채 밖으로 나와 서성인다.

이 어쩐 일인가?

아침 뉴스에 노 전 대통령의 생가인 봉화마을의 뒷산 봉화산에서 등산 중 추락 서거를 알린다. 그런데 거기에 노 대통령의 마지막 대면자인 무진 스님의 인터뷰가 실린다. 생전 마지막 목격자로 그분은 나의 스승이시다. 아버지 같은 스승님, 7년 만에 스승님을 뉴스로 만난 것이다.

그대로 달려갔다. 봉화마을로… 그러나 마을까지 갈 수가 없었다. 이미 뉴스를 보고 전국에서 몰려온 조문객들로 인산인해가 되어 들어갈 방법이 없었다. 조문객들로 인한 차들은 계속하여 꼬리를 물고 있고 할 수 없이 뒤로 돌아 산을 넘었다. 함께 있는 제자들과 함께 무진 스님과의 상봉, 그동안 서로가 생사를 모르고 지냈는데…

스승님이 말씀하셨다.

"다 털어 버려라. 모든 연을 끊거라."

얼마 후, 노무현 대통령이 꿈에 나타났다.
그는 꿈속에서 말했다.

"대사님 죄송합니다. 약속을 지키지 못해 정말 송구합니다. 본의 아니게 비서들을 통해 모든 일이 정리되는 바람에, 그러나 관계인들을 통해 은혜는 갚도록 하겠습니다. 하오니 저희 가정만은 재증갖도록 도와주십시오."

꿈속 대통령의 말대로 노무현 대통령과 어머님을 천도해 드렸다. 그 후 꿈속의 말대로 복을 입은 일파 스님. 다시금 스승님의 말씀이 귓전을 울린다.

다 털어 버려라.

모든 연을 끊거라.

故 노무현 대통령과의 인연

(효학문연구소) 고 노무현 대통령 자살이냐? 타살이냐?

상세한 내용은 유튜브 채널 [아름다운 새영별]과 [효학문 연구소]에서 검색하세요.

4-2. 박근혜 전 대통령, 이재용, 신동빈 구속 예언

박성원 대사님 유튜브를 보니 미국을 여러 번 다녀오셨습니다.

①미국에서 박근혜 대통령령 탄핵 구속, 삼성그룹 이재용 부회장 구속, 신동빈 롯데그룹 회장 구속을 말씀(예언)하셨습니다.

②캘리포니아 얼바니 유니버시티 공대학장인 세이 교수의 치료 문제입니다. 당시 세이 교수는 캘리포니아 의대 교수팀들과 의료진 및 미국에 내로라하는 최고 수준의 의사들도 치료를 포기한 상태인 10년 차 말기 암 환자였습니다. 초상 치를 날짜만을 남겨놓은 치료 불가의 중증 환자를 깨끗하게 낫게 하셨습니다.

③그리고 그 당시 코로나가 막 시작되었습니다. 대사님은 세계적으로 이 전염병이 2~3년 이상 지속되며 세계적으로 큰 문제로 대재앙이 될 것이라고 말씀하셨습니다.

④힐러리 트럼프 구도의 미 대통령선거에서 모두가 힐러리가 당선될 것이라고 예상했는데, 대사님만 유일하게 트럼프의 손을 들었습니다. 그다음 선거인 트럼프 바이든 경쟁에서 모두의 예상을 깨고 바이든이 대통령이 될 것이라고

말씀(예언)하셨습니다.

신기한 것은 이 모든 일이 대사님의 말씀(예언)이 다 적중된 것입니다. 누구나 궁금히 여길 수밖에 없는 이 사실에 대해 대사님의 자세한 설명을 듣겠습니다.

일파 스님 저는 미국을 3번 다녀왔습니다. 처음엔 연수차 공부하기 위해, 두 번째는 내가 전국을 만행 중 전북 익산시 왕궁면을 지나가는데 미국에서 카톡으로 전화가 왔습니다. 이분이 자기 고향이 왕궁면이고, 그곳에서 미국으로 이민하였고, 미국에서 장로라면서 나의 저서를 다 읽고 감동하여 뵙고 싶다고 하여 나를 미국 LA로 초청했습니다.

그분이 '홍성 거씨' 집안인데, 그분의 집은 LA에서 약 2시간 정도 떨어진 야산이었습니다. 우리가 어릴 때 서부 영화에서 자주 보던 그 계곡이었던 것입니다. 밤이면 하늘의 별들이 손에 잡히듯 눈앞에 있는 곳이었습니다.

아름다운 청정지역 밤에 그곳에서 기도드리는데, 둘이서 각자 똑같은 회답을 받았습니다. 방언으로 뜨겁게 기도하던 거 씨는 나의 기도가 같은 대답으로 들려 왔으니 놀랄 일이었습니다.

박근혜 대통령령 탄핵과 구속

이재용 삼성그룹 부회장의 구속

신동빈 롯데그룹 회장의 구속

이 어찌 놀랄 일이 아닙니까?

그 당시 박근혜 대통령은 해외 순방 및 정상회담 정치 일정으로 몹시 바쁜 몸이었고, 삼성 이재용 부회장 역시도 회사 일로 동분서주하며 탄탄대로로 달리는 중이었습니다. 신동빈 롯데 회장은 형제간에 다툼으로 분쟁 중이었습니다.

미국 대선 중인 힐러리와 트럼프 경쟁에서 여론의 대세는 힐러리였음에도 불구하고, 예언을 각자 받은 나와 거 씨는 페이스북에 들어가 "트럼프에게 당신이 이번 선거에 대통령이 될 것입니다. 대한민국을 잘 부탁한다"고 전했고, 대통령의 구속을 막아보려고 거 씨는 등기 속달로 청와대에 사실을 알렸고, 이재용 부회장에게는 동생인 이부진 여사에게 보냈습니다. 그동안 20년이 넘도록 대한민국의 미래를 위해 삼성의 이건희 회장과 이재용 부회장이 잘되도록 기도했지만, 나로서는 이 부회장을 만나거나 가까이할 수가 없었습니다(비서진들에 막혀). 롯데 신동빈 회장에게도 등기 속달로 보냈습니다.

그러나 세 군데(세 분) 다 연락 두절 깜깜무소식이었습니다.

내 예언대로 세 분 모두 구속되었고, 이재용 부회장이 처음 서울 구치소에 구속되었을 때는 나의 저서 『대운의 터』 외 2권(도합 총 3권)을 보내고, 이재용 부회장에게 보냈다는 것을 MBC를 비롯한 언론 방송 뉴스를 보기도 했습니다. 이에 나는 이렇게 말했습니다. “당신의 건강과 미래의 삼성을 위해 힘써 기도하겠습니다.”

힘내십시오.

이재용 부회장님!

효학문연구소 일파 스님, 25년 동안 예언: 이혼, 구속, 건강

남이 알아주든 안 알아주든 상관치 않고, 나라의 발전을 위해 삼성그룹의 대부흥과 이재용 부회장을 위해 성심정성으로 기도했습니다. 지금도 그렇지만 앞으로도 삼성을 위한 발복 기도는 멈추지 않을 겁니다. 우리의 기업 삼성이 세계적 대기업의 반열에 올라 당당히 선두로 달리고 있는 모습이 얼마나 대단합니까?

자랑스러운 일입니다. 국가와 민족의 자부심이 아닐 수 없습니다. 이재용 부회장이 출소 때, 그의 어머나 홍라희 여사가 부산 용궁사에 후원했다는 방송 보도를 통해 들었습니다.

이재용 회장과 박근혜 전 대통령의 인연

박성원 2018년도에 미국에서 상담을 위한 카톡을 받았습니다. 스님의 예언대로 박근혜 대통령, 이재용 부회장, 신동빈 회장이 구속되는 것을 보고 저의 저서와 유튜브를 보았습니다. 본인은 한국에서 명문대를 졸업하고 미국 캘리포니아 얼바니 유니버시티 공대에서 석사 박사과정을 마치고 지금은 미 해군 국방성에 근무 중인데, 하는 일들이 잘 안 풀리고 건강이 몹시 나빠져 스님의 천도와 발복 기도를 부탁드립니다. 나는 그분이 보내준 사진과 이름을 보고 천도와 발복 기도를 해주었습니다.

한 달 후 또 전화가 왔습니다. 건강이 너무너무 좋아졌고요, 스님은 신과 같습니다. 그 신통력에 그저 놀랄 뿐입니다. 그런데 부탁이 있는데요. 본인에게 박사학위를 준 담당교수님이 10년 동안 혈액암으로 고생고생하시다가 이제는 치료를 포기한 상태입니다. 시한부 인생으로 생의 마감을 두고 있습니다. 마지막 지푸라기라도 잡는 심정으로, 담당 교수의 사진과 이름을 카톡으로 보내드린다는 부탁을 받고 최선을 다해서 천도와 발복기도를 해주었습니다.

기적이 일어났습니다. 담당 교수가 병에서 해방된 것입니다. 얼바니 의대가 난리가 났습니다. 4명의 의사가 관리를 해왔지만, 자기들도 포기한 치료 불능의 환자가 치료되어 건강해졌으니… 한국 교수의 간증 동영상을 올려놓으니까 꼭 보세요.

효학문연구소 일파 스님, 간증 암 환자가 호전되고 있습니다

일파 스님 2019년 12월 초 감사의 뜻이라며 나를 미국으로 초청했습니다. 캘리포니아 얼바니 대학은 우리나라 강남구보다 큰 캠퍼스였습니다. 인사 중에 세이 교수가 하는 말이 "세상이 아무리 과학이 발달하여도 영혼의 세계에 영계에 대해서는 따라갈 수 없습니다." 감사하고 감탄하시면서 이 효학문을 빌 게이츠 재단에 논문을 영어로 번역하여 제출해서 후원금을 받을 수 있도록 돕겠다고 약속했습니다.

동영상 마지막 장면에 기적같이 살아난 캘리포니아 대

학 세이 교수 사진이 있습니다. 그리고 지금 자기 밑에서 박사과정을 밟고 있는 학생이 8명 있는데, 그중에 중국 우한에서 온 학생이 있습니다. “제가 면역이 약한데 혹시나 코로나에 전염되지 않을까 염려가 됩니다. 코로나와 이 학교에 대해 말씀(예언)해 주십시오.”

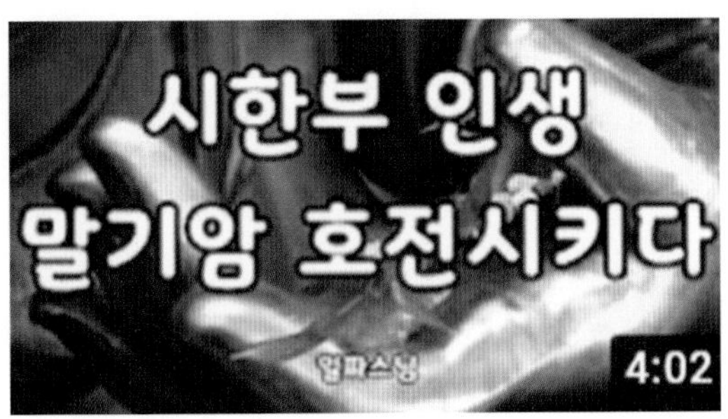

효학문연구소 일파 스님, 시한부 인생, 말기암 호전시키다

나는 이때 코로나 발병을 알았습니다. 2020년 1월 초였습니다. 전 세계가 코로나 전염병으로 초비상이 걸리고 미국은 수많은 사람이 희생당할 것입니다. 얼바니 대학은 완벽히 통제(봉쇄)될 것이라고 알려주고 한국으로 돌아가서 최선을 다해서 발복기도 하겠노라고.

나 역시도 통제로 인해 출입국이 어려워질 것 같아서

즉시 그다음 날 미국을 떠나 한국으로 돌아왔습니다. 한국에 오자마자 유튜브 방송으로 계속하여 코로나 사태를 예언하고 심각성을 알렸습니다. 내 말만 조금만 믿어주었다면 이렇게 힘들지 않을 것을… 그랬더니 이상한 전화와 협박하고 의료법 위반이라면서…. 참 어이없는 세상입니다.

효학문연구소 일파 스님, 스님은 신이다. 스님의 신통력의 근원은…

표현도 못 하는 현 정부와 방역 대체를 하는 것을 보고 이런 내용이 어찌 의료법에 해당하나요? 그래서 지리산 중산리에 들어가 대한민국 국운 상승 기도하는데, 그때 "삼성의 이재용 부회장이 또 구속될 것이다"라고 예언되고 적중되었습니다.

또다시 유튜브를 찍고 편지를 보내고, 열심히 노력했

이 시대의 사건 사고,
가짜는 가라! 진짜 천도!

일파 스님, 일본에서
극락세계로 인도하다!
진짜 천도-가짜 천도

효학문연구소 일파 스님, 부자가 되고 싶다. 건강하고, 훌륭한 자녀를 만들고 싶다!

지만, 삼성의 벽은… 이 내용들은 유튜브 동영상으로 대신하겠습니다. 이재용 부회장님 꼭 보시고 건강하시고 하시는 일마다 잘 되시어 부강한 대한민국을 위해 노력해 주십시오.

효학문연구소 일파 스님, 재용씨! 이것은 꼭 해야합니다.

박성원 네, 대사님. 잘 알겠습니다. 끝으로 미국 트럼프와 바이든의 대선 경쟁에서 많은 분의 예상과는 달리 바이든이 될 것이라고 말씀(예언)하여 정확히 맞추셨습니다. 앞으로 바이든 대통령(건강)과 세계국제정세를 어떻게 보고 계십니까? 고견을 듣고 싶습니다.

일파 스님 선사님. 아무리 확실한 예언을 해준들 믿지 않고 무시해 버리면 무슨 소용이 있겠습니까. 비서진들이 차단해 버리고 가짜들이 판치는 세상인데… 2019년 11월 말 미국 대선이 있었습니다. 미국에서 기도해 보니, 바이든이었습니다. 그 바이든의 기를 보니 기운이 빠져있고 건강이 심각합니다. 불운도 보이고 과연 임기를 다 채울 수 있는지, 의문이 들었습니다.

만약에 우리와 인연이 된다면, 나는 영계를 접속하여 그 집안을 천도하고 발복을 해주고 싶습니다. 선사님은 고대 한국의 비기, 비술로 도와주시고, 이렇게만 된다면 바이든 대통령은 건강한 몸으로 훌륭히 집무 수행하며 큰일을 할 수 있는데… 제 마음뿐이니 안타깝기만 합니다. 지금은 러시아의 우크라이나 침공, 계속되는 미·중 갈등, 코로나 팬데믹의 장기화… 정치 문제이니 때가 되면 다음 기회에 설명하겠습니다.

무슨 일이든 다 때가 있는 것 아닙니까? 대한민국은 지속적인 발전으로 힘차게 전진할 것입니다. 열강의 견제에도 불구하고 세계의 선두 그룹에 서는 부국강병의 나라가 될 것입니다. 나 역시 최선을 다하여 국운 상승 특별기도를 할 생각입니다.

4-3. 1300년 전부터 전승된 원효대사의 1급 비결서

박성원 대사님. 대사님께서 박근혜 전 대통령의 탄핵과 삼성그룹 이건희 회장의 건강과 죽음 이재용 부회장이 구속될 것을 예측하고, 미국의 9.11테러 때, 200만 원을 가지고 하루 만에 2억이 되고 뿐만 아니라, 고 노무현 대통령을 당선시키고, 다 죽은 미국의 캘리포니아 공대학장 세이 교수가 살아나고, 이 놀라운 예지력과 능력과 한 번도 틀리지 않는 예언의 정확성에 실로 감탄할 뿐입니다. 또한 대사님의 저서와 유튜브에 위의 사실이 실사 자료가 되고 있습니다.

대사님. 도대체 그 비법이 무엇입니까?

이 시간은 이를 몹시 궁금이 여기는 많은 사람에게 쉽게 이해할 수 있도록 상세한 설명을 정중히 부탁드립니다.

일파 스님 저의 모든 것은 1300년 전 신라의 고승인 원효대사의 『신비록』을 보체로 하고 있습니다. 현재 원효대사의 사상과 철학 우주적 진리관은 한국을 넘어 일본에서도 신적 존재로까지 섬김을 받고 있습니다.

이 『신비록』은 역대 왕가와 명문 사대부의 집안을 통해 비밀리에 전수 전승된 한 민족의 정신사 결정판입니다.

우리 민족 문화 유산의 으뜸이라고 말할 수 있습니다. 그만큼 경이롭다 할 만큼 타의 추종을 불허하는 뛰어난 비서입니다.

불력(불교 역사)은 물론 인류사에 이만한 가치의 비중 있는 책이 없었기 때문입니다. 그만큼 불교라는 종교를 뛰어넘는 만상을 올곧이 담고 있는 만고 진리의 명서입니다.

바로 이 『신비록』에 천지조후가 나옵니다.

이를 일일이 설명하려면 오히려 시간이 부족합니다. 간단히 언급하고 천지조후 중 우리에게 가장 중요시되는 조상의 기에 대해 조심스럽게 살펴보겠습니다.

『천지조후』

사람은 태아로 잉태되는 그 순간부터 숨을 거두는 마지막 순간까지 천지조후의 기운과 그 영향을 받고 살아갑니다.

그중에서도 부모님을 핵심으로 한 조상님 5대조까지의 영향은 가히 절대적입니다. 현생을 살아가는 동안 누구나 조상신의 절대적인 영향으로 행복과 불행이 좌우되고 성공과 실패가 가늠됩니다.

◆ 천기: 천지조후의 천기란 말 그대로 하늘의 기를 말하며, 우주 만물을 창조하고 우리를 이 땅 지구에 보내신 절대자 창조주를 말합니다. 그러기에 우리는 모두 절대자 창조주의 자녀들입니다.

◆ 지기: 지기란 땅의 기운 즉 지신의 기운을 말합니다. 우리는 모두 끝없이 광활한 우주인 하늘에서 이 땅 지구로 보냄을 받았습니다.

◆ 조상의 기: 모든 인간의 생사 화복 만사에 깊은 연관이 되어 평생을 함께하는 천 지 조 후 4가지 기운 중 가장 중요 부분입니다. 이 기운을 잘 받느냐 못 받느냐에 따라 운명이 결정됩니다. 살아온 인생 앞으로 살아갈 인생이 뒤바뀔 수도 있는 것이 조상의 기운입니다.

◆ 후손의 기: 후손의 기란 부모님으로부터 잉태된 태아가 이 땅에 와서 살아가는 동안 자신의 운명을 스스로 노력하고 개척하여 성공을 위해 분투하는 본인의 기를 말합니다.

(일파 대사님이 진행하고 있는 모든 비법은 위 4가지 기운을 통합니다. 그중에서 그 비중이 으뜸인 '조상의 기운'을 어떻게 조화롭게 운용하는가에 따라 전혀 다른 인생을 살아갈 수 있습니다.)

생사여부는 물론 길흉화복, 성공, 실패, 행복, 불행, 무병장수, 부귀영화, 건강, 기쁨, 사랑 등을 관장하며 우리를 이 땅에 보내주신 절대자 창조주의 보살핌과 은혜를 입는 하늘의 기운인 천기, 이 세상을 관장하는 모든 지신의 보살핌을 받는 지기, 사람이 이 세상에 태어나는 순간 하나의 인연 적필연으로 조상으로부터 받는 영혼의 기운인 후손의 기, 마지막으로 자식들에게 가장 큰 영향을 미치고 나에게 삶의 우연과 필연 사방팔방으로 씨줄과 날줄같이 엉클어진 인생을 얼마큼 성실하게 살아가는가에 따라 권선징악으로 결정되는 조상의 기로 집약되는 '천지조후'의 신비로운 조화를 마음에 두면서 다음 실험을 주목하기를 바랍니다.

본 서가 단지 이론으로 그치는 책이 아닌 입체감 있는 실증적 책임을 알게 될 것입니다.

먼저 누구나 할 수 있는 쉬운 예를 하나 들겠습니다.

산소에서나 납골당 제사 음식으로 조상(부모님)님의 길흉을 알 수 있습니다. 산소에서나 납골당 혹은 제사를 지낼 때, 음식을 차리게 됩니다. 음식 중 술이나 떡 과일 적 (부침개) 등 아무거라도 상관없습니다.

차린 음식 중 한 가지를 선택하십시오.

만약 술이라면 제사상에 올리지 않은 술은 따로 한쪽에 두십시오. 그리고 절하고 기도하고(묵념도 상관없습니다)… 저를 이 땅에 보내주신 하늘의 하느님(천지신명님) 감사하고(조부모님 부모님) 감사합니다.

잠깐(5~10분)의 기도를 마친 후, 제사상에 올린 술과 올리지 않은 술을 비교해서 맛을 보세요.

영혼의 속도는 광속인 빛의 속도보다 빨라서 잠깐의 시간(2~3분)이라도 변화가 옵니다. 평안히(천당, 극락에) 가신 조상님은 술이 맛있고 순합니다.

그러나 좋은 곳으로 못 가시고 구천을 떠도는 영가는 술이 독하고 맛이 없습니다. 천재지변이나 전쟁 사태 쓰나미 등으로 시신을 찾지 못한 경우 돌아가신 영정이나 지방을 쓴 뒤 제사상처럼 실험해 보세요. 세계 어느 곳에서도 똑같습니다.

소승이 한국 일본 미국에서 만행 중 유튜브에 올린 동영상을 보시고 모두 행복했으면 합니다.

이것은 간단한 것 같지만 확실한 방법입니다. 누구나 스스로 사실 여부를 확인할 수 있는 것이니까요. 만일 제물이 두부라면 두부가 맛이 변하여 탱탱하여 고소한 맛이 나는데, 이 어찌 아니 믿을 수 있겠습니까?

지금도 이 기본도 갖추지 못한 많은 무속인, 스님, 술사 등이 사실을 알지 못하는 순진무구한 분들을 속이면서 굿, 산신재, 푸닥거리, 천도재 등으로 요란을 떨고 있습니다. 자신도 알지 못하면서 '굿을 한다, 푸닥거리한다, 천도재를 올린다'고 하여 자신의 주머니 채우기만 급급한 술사 등이 판을 치고 있는 게 대한민국 현실입니다.

독자 제위께서는 위의 한 가지 사실만으로도 가짜에 속을 이유가 없습니다. 남의 물건을 훔치거나 남의 돈을 빌리고도 갚지 않는 이생의 죄악보다도 영혼을 사고파는 가짜 술사들의 죄악이 더 크지 않을 수 없습니다. 능력이나 아무런 준비도 없으면서 '이제 당신의 부모님은 좋은 곳으로 가셨습니다, 걱정하지 않으셔도 됩니다, 모든 일이 잘되실 겁니다' 하며 거짓말까지 더하는 죄가 얼마나 크겠습니까?

결론은 조상님이 다 잘 가셨으면 후손들은 건강하고 모든 일이 잘되고, 조상님이 잘못 가시고 구천을 떠돈다면 건강, 사업, 승진, 출세 등이 잘 될 생각은 조금도 하지 마세요.

본서를 읽는 독자 제위께서만이라도 가짜 술사들(거짓 무당, 거짓 스님, 거짓 천도가)에게 속지 않기를 바랄 뿐입니다. 나의 정성, 시간, 제물 등 이 땅에 떨어짐은 물론 부모님(조상님) 천도에 아무런 도움이 되지 않는 술수 놀음에 놀아나서야 되겠습니까?

진짜 천도, 대한민국에서 일본까지 천도봉사 만행기

진천

앞에서도 말씀드린 것처럼, 좋은 곳으로 평안히 가신 부모님(조상님)을 두신 후손은 조상님(부모님)의 도움과 발복을 받습니다. 건강해집니다. 하는 일이나 사업이 순탄하고 형통합니다.

그러나 구천을 떠도는 영가를 두신 본인(후손)은 액운이 듭니다. 구천을 떠도는 영가가 된 조상님 등이 나를 도와 달라, 제발 나를 좋은 곳으로 가게 하여 구천을 떠돌지 않게 해 달라고 사정합니다.

이것이 그 자식들에게는 화가 되어 멀쩡한 사람이 아프고, 속이 쓰리고, 가슴이 답답하고, 다리가 저리고, 잠이 잘 오지 않고, 밥맛도 없어집니다. 자식들에게 갑자기 이상한 일들이 생기고 하는 일마다 사업이 제대로 풀리지 않아 힘이 들고, 대인 관계가 비틀어지거나 끊어지고, 많은 불행으로 나타납니다.

내가 구천을 떠도는 처량한 신세가 되었으니 나를 좋은 곳으로 보내달라고 애걸하는 것이 위와 같은 불행 이런 현상으로 나타나는 것입니다.

결국 진정한 참 천도란 이러한 부모님(조상신)을 더 이상 구천을 떠돌지 않는 좋은 곳으로 보내드리는 것입니다.

온전한 천도(진천)로 부모님이 좋은 곳으로 가시게 되면 자연히 액운이 떠납니다. 불안하고 초조한 마음이 사라지고의 히스테리 조울증 같은 정신이상까지 말끔히 치료됩니다.

부모님(조상님)이 좋은 곳으로 가셨으니 더 이상 자손에게 사정하는 일이 없기에 액운이 떠나는 것입니다. 갖가지 구설에 휘말려 화를 당하는 일도 더는 없어집니다. 천도를 통하여 부모님을 꼭 좋은 곳으로 모셔야 하는 이유입니다.

그렇다고 떠돌이 술사들의 무속 무당 굿 푸닥거리 산신제 기도 이상한 천도재를 말하는 것은 절대 아닙니다. 여기서도 저는 대한민국의 국은 상승과 무운을 위해 발로 뛰는 일파 대사의 모습을 봅니다.

지금도 그는 국립묘지(서울 동작구, 대전 현충원, 광주 망월동 5·18 묘원, 4·19 묘원) 등을 살피며 천도해 드리고 있으니까요. 침

략(일본 제국주의의 식민 통치, 6·25 참전용사)에 의해 희생된 영가(혼령)를 천도하고 있습니다. 국가가 할 일을 한 개인이 하고 있습니다.

일파 스님, 임진왜란 선조들의 귀무덤 호국보훈 천도봉사

일파 스님, 국립대전현충원, 호국보훈 천도봉사

원효대사의 '신비록의 유일한 전수자'가 지금으로부터 일백여 년 전, 1300년의 역사를 지니고 비밀리에 전수된 신비록과 함께 갑자기 사라집니다. 여러 내우외환과 환난 외침으로 심산

유곡의 비승들에게로 숨겨졌던 것입니다.

천년을 지낸 비서로서 한민족의 보고이며 인류 문화유산의 가치를 지낸 신비록은 또한 신비로운 방법으로 보존되어 청송 선사(일파 대사님의 스승) 명맥으로 이어 마지막으로 일파 대사에게 전수됩니다. 그러기에 일파 대사는 원효 대사의 신비록을 전수받은 최후의 스님이 되었습니다. 스승이신 청송 선사님께서 열반하셨기에 천년의 비맥을 이은 일파 대사의 어깨가 한층 더 무거워졌습니다.

세속에 뛰어들어 세인들과 함께하면서도 세속에 속하지 않았던 원효대사 실사 실리적 수행과 가르침으로 실제 생활 신앙(종교)의 효시가 된 원효대사 사상과 철학은 불교의 영역으로서는 담을 수 없는 큰 진리입니다. 실로 경이롭다 할 수밖에 없는 광대무변의 우주적 진리 그 자체입니다. 그러기에 원효대사의 사상과 철학은 무병장수, 부귀영화, 건강, 기쁨, 사랑, 행복을 추구하는 온 인류의 이상향입니다.

황금만능 제일주의의 물신이 판치는 정신적 공황이 계속되는 현세에, 원효대사와 같이 화쟁 사상을 실천하시는, 다시 보기 어려운 인류 보배의 진리를 가진 전령사(일파대사)가 우리 옆에 있습니다. 대단한 행운입니다. 그로 인해 천년의 비서 신비록이 우리에게 전해지게 되었으니, 그의 역할의 중요성은 감히 표현할 수 없습니다. 원효대사는 역사 속 인물이지만 우리가 그를 직접 만날 수는 없습니다. 그의 음성을 직접 들을 수는 없습니다.

그러나 일파 대사는 우리와 함께하기에 원효대사의 신비록을 그를 통해 들을 수 있기에 우리는 참으로 행복합니다.

친구인 일파 대사를 스승으로 모시고 있는 저의 기쁨(행복)은 말할 수 없고요.

◆ 신비록 천년비맥:

원효 대사 - 무학 대사 - 백봉 스님 - 청송 선사 - 일파 대사

5.
일파 대사님과의 인터뷰(즉문즉답) - 박가영

박가영: 스님! 안녕하세요! 저는 미국에 사는 교포입니다. 스님이 쓰신 『대운의 터』 책을 몇 년 전에 읽고 정말 많은 감동을 하였습니다. 요즘 유튜브에 [아름다운 새영별]을 보다가 여쭈고 싶은 것이 있어 이렇게 찾아뵈었습니다. 괜찮으신지요?

일파 스님: 네, 괜찮습니다. 무슨 질문이든 말씀하셔요. 즉답해 드리겠습니다.

즉문 1 스님, 감사합니다. 『대운의 터』 35페이지, '신령 최영 장군을 천도해 드린다'는 글을 쓰셨습니다. 어떻게 먼 곳 추자도에 가시게 되었으며 어떤 연유로 영을 접하게 되셨는지요? 천도재는 어떻게 하는 것이며 후에는 어떠한 변화들이 일어나는지요?

즉답 1 제가 15권의 책을 썼는데, 그 중의 책이 『대운의 터』입니다. 2012년에 쓴 책 『영계를 드나들다』에서 『대운의 터』로 책 제목이 바뀌어 2014년에 다시 출간하게 되었습니다. 여러 가지 사정이 있었답니다.

최영 장군을 천도해 드린다는 것에 앞서 먼저 과거로 돌아가 보면, 1997년에 나의 자서전 『다시 세상속으로』에 그대로 있는 내용입니다. 내가 영도 다리에서 뛰어내리고 나의 스승 되시는 청송 선사님을 만나 영계를 중점적으로 공부하게 되었습니다. 첫 번째가 고 박정희 대통령 집안, 두 번째가 삼성 집안의 고 이병철 회장, 세 번째가 100년 동안 죽어 나가는 미국 존 케네디 대통령 집안입니다. 못 가신 영혼들을 구해 내라는 지장보살 님의 사명을 받고 세계를 만행하게 됩니다.

그러던 어느 날 2001년 고 노무현 대통령이 저를 찾아와 계룡산 동다송 전통찻집에서 만나게 되었지요. 정몽준 회장과 하나 되어 같이 오셨고 그때 이회창 씨와 선거에 붙을 때 자문하러 왔었습니다. 후보자 되시는 고 노무현 대통령과 함께 국립묘지로 가서 영계를 설명하고 당신이 대통령이 되시면 이런 일들을 하셔야 한다며 약속하셨지만, 대통령이 된 후 약속은 지켜지지 않았습니다. '많은 사람을 만나고 정치인들을 많이 도와주었는데, 왜 정치인들은 약속을 지키지 않을까' 하는 참담한 마음으로 2008년에 베트남으로 장애인 이사장직을 맡아 가서 사업을 하며 효학문을 전파하게 되었습니다.

한국으로 돌아와 보니, 나의 제자 한 명이 돈을 모두 가지고 떠나버렸습니다. 그때 직원과 제자들이 10명 있었는데, 물론 내가 관리하지 못한 잘못도 있지만, 너무 힘들어 일어날 수가 없었으며 한 치 앞도 보이질 않았습니다. 지난날 분양 사업과 건설 사업을 하다 중국에서 망해서 돌아와 이혼당하고 어려움에 부닥쳐 헤어날 길이 없어 영도 다리에서 뛰어내렸는데, 마침 나의 스승이신 청송 선사님을 만나 효학문을 배우게 되었는데 베트남을 다녀오니, 또다시 관제에 휘말리고 갚아야 할 돈은 너무나 많고… 어찌 되었든, 스승인 내가 다 책임을 져야 하는 상황이었지요. 일어설 힘이 없어 잠깐 떠나 도피하는 심정으로 영을 접속해볼까 하는 마음에 완도에서 제주도행 배를 탔습니다. 스승님 고향도, 돌아가신 곳도 제주도라서요.

제주도로 가던 중 추자도에서 내리게 됩니다. 민박집을 찾아 그곳에 있다 보니, 너무나도 아름다워 머물게 되고, 기도를 하려고 해도 기도가 잘되지 않고, 지난날을 생각하니 나에게 일어나는 일들이 너무나 힘들고 참담한 마음뿐이었습니다. 아무리 생각해도 앞으로 살아갈 길이 암담하여 하루는 술을 많이 마시게 되었습니다. 늦은 자정이 넘어 상 추자도 다리 쪽으로 향하여 걷고 있는데, 비가 억수같이 쏟아지기 시작했죠. 천둥과 번개와 바람 파도가 금방이라도 몰려와 나를 휘감고 바닷속으로 밀어 넣어 주기를 바랐는데 나의 몸만 세차게 때리고 또 때릴 뿐, 나는 방파제로 올라갔고 제발 나를 데려가 주기를 바라며 비와 눈물이 범벅 된 얼굴을 들어 하늘을 바라보았습니다.

그런데 이게 무슨 일이란 말입니까, 하늘에서 바다로 밝은 빛이 비치며 번개가 갈라지고 하얀 말을 타고 칼을 들고 내려와 나에게 불호령을 하시는 것이 아닙니까. "네 이놈 여기서 뭘 하고 있느냐? 나는 최영 장군이다 네가 왜 여기에서 이러고 있는 것이냐? 다가올 20~30년 후에 평화의 남북통일의 시대가 올 것인데, 기도를 해야 할 네가 왜 여기에 있는 것이냐? 너는 효학문을 알리고 영혼들을 구하고 세계를 공부해야 할 사람이다!"라며 호령하시는데, 난 당신이 누구냐고 하면서 술이 깨기 시작했지요. 이것은 영화에서 일어나는 한 장면이라 해야 할지, 아니면 만화책을 읽는 것 같다고 할지, 아무튼 최영 장군 영혼이 잘 가시지 못한 것이 보이는 것입니다. "내가 아직 떠나지 못했으니 나를 잘 보내주어라! 그러면 내가 너를 도와줄 것이다!" 하시고는 어디론가 사라지셨어요.

정신없이 내가 머무는 숙소로 돌아온 시간은 아마 새벽 3시쯤 뒷날 아침 집주인에게 "여기 최영 장군이 있습니까?" 하고 물었더니 저 섬 끝자락 큰 건물이 있는데 거기 가면 사당이 있다고 말하면서 '중국인지 일본인지 교주가 와 있어서 무속인들 그리고 일반인들도 많이 다녀간다'고 하여 나는 그쪽으로 발길을 옮겼습니다. 도착해 보니, 아니나 다를까 최영 장군의 사당이 있어 영을 접해보니 못 가셨기에 천도재를 해서 좋은 데로 보내 드렸습니다. 늦은 오후 시간이 다 되었지요.

'이제 섬을 떠나 볼까' 하니, 이젠 떠날 여비도 없는 상황이라 난감해하고 있는데, 저녁때쯤 되어 사무실 여직원에게 한 통의 전화를 받게 됩니다. 기적 같은 일이 일어난 겁니다. 수원에 계시는 아파트 분양하는 분으로부터 연락이 왔는데, 사업이 잘되고 있어서 정말 고마운 마음에 후원해 주시겠다지 뭡니까. 그때가 연말이었는데, 사업자 등록증도 베트남에 두고 와서 영수증 처리도 못 해 드려서 받을 수가 없습니다. 말씀드렸더니 걱정하지 말라면서 본인이 알아서 다 해

주겠다는 거예요. 그분이 아주 큰 후원을 해 주셔서 어려운 상황을 모두 다 정리하고, 제자들을 제주도로 불러 스승님께 인사드리고, 6·15 광장 공원묘지에서 다시 수련하고 제주도를 떠나오게 되었습니다. 최영 장군은 아주 잘 가셨습니다.

그 당시 『대운의 터』 책을 보면 고 노무현 대통령, 고 박정희 대통령 최영 장군 이순신 장군의 이야기가 나옵니다. 최영 장군으로부터 예언을 받고, 과연 20~30년 후에 어느 집안에서 평화통일을 할 대통령이 나오게 될지 궁금하여 영접속을 하였습니다. 그때 고 정주영 회장, 고 이병철 회장 영을 접속한 이야기도 책에 있습니다.

지금도 최영 장군님의 영급을 올려 드리기 위해 발복기도를 하고 있습니다. 이렇게 함으로써 나라를 위해 많은 도움도 주실 수 있고 받을 수 있기 때문입니다.

이 비법으로 대통령도 만들어 내고 국회의원 장관 대학 총장 저 멀리 미국에 있는 교수를 사진 한 장으로 암을 호전되게 하였습니다.

천도재를 해야 하는 사람들은 어려운 사람들이 많습니다. 잘된 가정이나 기업들을 보면 조상님들이 보편적으로 잘 가셨습니다, 이번 무료 천도재를 시작하게 된 계기는 어려운 사람들을 위해서입니다. 이는 많은 분의 후원으로 진행할 수 있게 되었습니다. 내가 앞으로 갈 날도 얼마 남지 않았기에 어려운 사람들을 돕기 위해 약간의 기도비를 받고 시작하게 된 것입니다.

유산과 낙태에 대한 천도재도 같이 해 드립니다.

3년 동안은 기도하시면 소원이 이루어집니다.

그래서 같이 기도하자고 말씀드리는 것입니다.

명품 자녀 만들기

-보연. 박가영

아버지 날 낳으시고
어머니 날 기르셨네
세상에서 사라져 가는
부모님 공경의 마음

사랑은 내리사랑이라
부모의 마음은 모르고
자나 깨나 자식들 걱정에

날밤을 지새우네

원효대사의 비법
사대부 명문가 집안으로
전해오는 명품 자녀 만들기
들어들 보았는가?

마지막 제자이신
일파 스님의 비법은
당신들의 자녀를 살리고
집안을 세워 주실 것이오

즉문2 또 다른 세 가지 질문을 정리해서 여쭈겠습니다.

a. 세상을 떠도는 영가들은 도움이 없으면 영원히 지상에 머물러 있어야 하는지요?

b. 가족들에게 가지 않고 다른 사람들을 찾아가서 나쁘게 해치는지요?

c. 누구라도 돕고 싶으면 천도재를 해 드릴 수 있

는지요?

즉답2. 먼저 a. 세상을 떠도는 영가들은 도움이 없으면 영원히 지상에 머물러 있어야 하는지요?에 대한 답을 하겠습니다.

우리 어머니도 돌아가셨듯 지금도 많은 분이 돌아가고 계십니다. 영안실로 들어가게 되지요. 육체가 들어가면 혼이 떠납니다. 그때 영정을 만들어 잘 가게 해 달라고 기도드리는 것입니다. 천주교에서는 연도를 드리고 불교에서는 스님이 목탁을 두드리고 기독교에서는 목사님이 기도하십니다. 불교에서만 49재가 있습니다(7×7=49). 7번 재판을 받는 것입니다. 1일 돌아가시면 7일날 재판받는 식으로 총 7번 재판받게 되는데, 이때 못 가시면 영원히 지상에 머물게 됩니다. 잘 가시는 분은 급에 따라 올라가면 끝나지만 못하시는 분은 영원히 지구상에서 떠돌아다니게 됩니다. 나를 도와줄 사람을 찾아다니게 되는 것입니다. 그래서 아직도 조선시대 영혼들 6.25때 영혼들도 지구상에 있으면서 도와줄 사람을 찾고 있는 것입니다. 그래서 불교에서는 천도재를 하고 천주교에서는 연도 드리고 기독교에서는 '귀신아, 물러가라'고 기도합니다. 우리는 영이 보이지 않기에 실험하라고 하는 것입니다. 비법자가 영을 접속해서 잘 가시게 도와드리는 것입니다. 영혼의 세계는 빛 속도보다 빠릅니다. 그래서 술이나 담배로 실험하면 맛이 바로 바뀌는 것입니다. 술은 물처럼 부드럽고, 담배는 아주 순해집니다. 못 가신 조상님이 나를 해치는 것이 아니라, 아들딸을 찾아와서 '나를 좀 잘 가게 해줘, 나를 도와줘서' 하지만 여러분은 영과 대화를 못 하니 오장육부를 때립니다. 폐를 때리면 폐암, 위를 때리면 위암입니다. 모든 병이 나으려면 피가 맑아야 하는데, 그렇지 않게 되므로 병을 얻게 되는 현상이 일어나게 됩니다. 구천을 떠도는 영혼들은 도움 없이는 갈 수가 없습니다. 천도재는 세상에 하나밖에 없는 비법입니다. 누구라도 실험해 볼 수 있습니다.

다음은 b. 가족에게 가지 않고 다른 사람에게 찾아가 나쁘게 해치지는 않는지요?에 대한 답입니다.

먼저 가족에게 도와달라고 찾아오고 꿈으로도 찾아오는지만 몰라서 들어주지 못하면 이모나 사촌에게 갑니다. 그러다 보니 떠돌아다니게 되는 것입니다. 꿈에 옷을 추레하게 입고 찾아오면 못 가신 것입니다. 통계학적으로 말씀드리는 겁니다. 잘 가신 분은 잘 찾아오지 않습니다. 도와줄 때만 오십니다. 이번에 천도재를 하신 분들은 엄청난 일을 하신 것입니다. 복을 받은 것입니다. 귀신들은 몰려다니며 통장 반장 장관도 있으며 몰려다닙니다. 영가의 세계에도 급이 있다는 것을 말씀드리는 겁니다. 이번에 만난 여러분도 나도 큰 복 받은 것입니다. 발복기도를 한다는 것은 나도 모르는 영가들 월남전쟁 때 돌아가신 수많은 영혼을 찾아서 나의 사비로 무료 천도하여 붙여 기도해 주는 것입니다. 그러면 고맙다고 와서 도와줍니다. 그래서 여러분들도 다른 분들에게 도움을 주라고 말하는 것입니다. 그러면 그 집안의 영가들을 여러분이 구해 주지만 바로 그 영가들이 잘 가셔서 여러분들을 도와주는 것입니다.

c. 누구라도 돕고 싶으면 천도재를 해 드릴 수 있습니까? 물론입니다. 제가 아는 분은 저를 만난 후 많이 좋아져서 돈을 모아 옆집에 돌아가신 분을 도와주고 싶어 저를 찾아와 적은 금액으로 스님 도와주시라고 할 때 제가 어찌 도와주지 않을 수 있겠습니까! 돌아가신 분도 도와주시는 분도 다 같이 좋아지는 일이라 제가 해 드릴 수밖에 없게 됩니다. 저에게도 좋은 일이 되는 것이기도 하지요. 제가 맡은 사명이니까요. 여러분들이 모르는 영가를 도와 천도재를 해준

다는 것은 가지 못한 영혼들을 좋은 데로 보내 드리는 것이기에 고맙다는 인사로 여러분을 도와주는 것입니다.

네, 누구라도 돕고 싶으면 천도재를 해 드릴 수 있습니다. 선업을 짓는 일입니다. 제가 이렇게 고 노무현 대통령, 국회의원 기타 많은 분을 위해 천도재를 해드렸습니다.

영혼이 잘 가셨나 알 수 있는 방법 - 한국에서

즉문3 오늘은 『대운의 터』 51페이지, 〈충무공 이순신 장군을 천도해 드린다〉에 대해 여쭤보고 싶습니다. 이순신 장군께서는 나라를 위해 큰 업적을 남기신 훌륭한 분이심을 잘 알고 있습니다. 그런데 나라를 위해 목숨을 바치신 장군의 영혼이 아직도 구천을 떠돌고 있었다고 하셨습니다.

즉답3 예, 제가 분명히 충무공 이순신 장군을 잘 가시게 천도해 드렸습니다. 지금은 아주 잘 가셨지만, 그때는 귀신이었습니다. 우리 어릴 때 이순신 장군이 12척의 배로 왜적을 물리치신 위대한 장군이시며, 어느 공무원 시험이라고 꼭 나오는 문제였습니다. 제가 귀신이라고 했으니 정말 큰일 날일이 아니겠습니까? 제가 27년간 영을 접속하고 세계 만행을 하면서 15권의 책을 썼지만, 흥행성을 생각하지 않았습니다. 내가 보고 느끼고 눈으로 확인되지 않는 것은 절대 쓰지 않습니다. 잘 못 쓰면 관재에 걸립니다. 저는 문제가 만들어지는 것을 싫어합니다. 대한민국을 사랑하기 때문에 사실적으로 진실적으로 밝히겠습니다.

이순신 장군은 귀신이었어요. 정말 귀신이었습니다. 1996년 영도 다리에서 뛰어내리게 되고 1997년도에 지리산에서 공부하고 1997년 말에 서울로 올라오게 됩니다. 세상하고 마주치려고, 『다시 세상속으로』 나의 자서전에 나와 있는 내용이니 참작하시기 바랍니다. 제가 여기 오게 된 것은 원효종에 총무원장이신 무진 스님 상자로 들어가게 되었습니다. 영계를 공부하고 많은 분을 봐 드렸어요. "죽습니다"라든가, 멀쩡한 사람에게 "중풍이 옵니다"라든가 했으니, 그때는 이제 막 산에서 내려와 진실적인 말로 보이는 대로 말할 수밖에요. 영이 붙어 있는 게 보이는데 어떡합니까? "곧 병원에 갈 거야" 이렇게 말하는 저를 누가 좋아하겠습니까? 여러분 『무소유』아시지요. 무소유 법정 스님이 불상사를 불사하실 때가 폐암 말기였습니다. 내가 동영상을 찍어 둔 것이 있으니, 다음에 기회가 되면 말씀드리겠습니다. 법정 스님을 위해 기도해 드리고 천도해 드렸지요. 그분은 삼성병원을 다니고 계셨습니다.

저는 넓은 세상으로 나가기 위해서 1998년 초에 신사동 쪽 개 골목 쪽으로 내려가면 분홍색 여관이 있는 건물에서 법정 스님의 도움으로 운봉 철학관을 하게 되었습니다. 세상 사람들하고 느끼고 보고 마주치고 나를 유지하는 것이 아니라, 나라를 위해 일하려면 큰돈이 필요했어요. 학원도 만들어야 하고 학교를 만들어야 하고 제자들을 양성해야 하고 저는 사업에서 망해 속가를 떠나올 때 초등학교 2학년 어린 아들이 있었는데 아들도 어떻게 공부를 잘 가리켜서 뒷바라지해서 서울대를 보내고 싶은 아버지의 꿈이고 제가 너무나 힘들었어요. 또 돈도 필요했고 사실 저는 비법을 공부할 때 첫 번째가 교주가 되면 안 된다. 이것이 하늘의 명령입니다. 두 번째 사조직을 만들면 안 된다 편파적인 말이 나오니까 다만 제자를 양성하고 입에서 입으로 그런데 세상은 만만치가 않았습니다. 먹고 자야 하고 제자들도 월급을 주어야 하고 그런데 돈이 없잖아요. 이러다 보니 제가 선거판에 뛰어들었어요.

1998년 그때가 서울시장 지방자치단체 선거 때 신문 한 장으로 몇 프로 됩니다. 당선됩니다. 또 대학 종장 아픈 사람들 그러다 보니 철학관에 많은 사람이 오게 되고 획기적인 기회가 찾아오게 되는 그때가 IMF 때 대신경제연구소에서 한 종목만 찍어 주신다면 수익금을 드리겠습니다. 6백억을 투자해서 이것만 몇천억이 된다면 수익금을 나눠 주겠다. 『다시 세상속으로』 내용을 읽어보시면 상세히 설명되어 있습니다.

그러나 그냥 말하는 것이 아닙니다. 여러분을 그냥 좋게 해주는 것이 아니란 말입니다. 여러분 집안을 천도해 드리고 원기를 천도하고 지리산이나 국립묘지에 앉아 떠도는 영혼들을 천도해 이번에 종목이 어떻습니까? 그때는 금융주가 하루가 멀다 하고 마이너 마이너스 이런 증권주가 4만 원 하던 게 4천 원도 안 됐어요. 대한민국이 한마디로 작살나고 있었어요. 어떤 종목이 오릅니까? 국민은행입니다. 그때 2천9백 원이 4만 원대로 올라갈 것입니다. 대신증권 연구소라면 큰 대(大)자에 믿을 신(信)자. 대한민국에서도 최고의 기업들 아닙니까? 그곳에 애널리스트들이 있는데 저에게 자문받고 한 달 동안 기도해 알려 주었는데, 약속을 어기는 이것이 현실이었습니다.

또 한번은 휠체어를 타고 들어왔는데, 그 자녀와 부인이 모시고 분이 내일모레면 저세상을 가게 되는데 상담을 진지하게 하고 난 다음에, 이것은 우상숭배 아닙니까? 자기 아버지가 돌아가시면 효지 어떻게 우상숭배가 됩니까? 정말 대화가 통하지 않는 대한민국 언제부터 이렇게 된 것입니까?

그리고 그때 월드컵 대회가 있었는데 경찰청에서 전화로 물어봐서 안 되는 그것은 안 되는 것이지 16강에 아슬아슬하게 떨어지는데 이기기를 원한다면 1년 전에 찾아와서 올라가게 기도 좀 같이합시다 했으면, 그 선수들 천도하고 원기를 천도해 발복해서 경쟁 상대하고 붙어야 있는 것이 아니겠습니까? 국회의원, 대통령 선거도 똑같은데 이해를 못 하고 안된다 하면 심한 욕설을 하고 대한민국을 무시한다고 화를 내고, 내가 왜 무시당해야 하며, 도저히 답이 나오지 않고 내가 갈 길이 아니다. 내가 스승님께 인사드리고 산에서 내려올 때 스승님께서 네가 영을 접속하고 사람을 살리고 수많은 비법을 쓰겠지만 세상은 그렇게 만만하지 않다 난 그때야 깨우치게 되었지요. 대한민국을 떠나고 싶었어요. 그리고 내 속가에 있는 자식도 이제 초등학교 2학년인데 3학년 4학년 중학교 어떻게 하면 탄탄대로를 만들어서 박사를 만들고 자기 꿈을 이루게 해주고 싶은 아버지의 욕심이자 도리가 아닐까요!

내가 공부했는데 그리고 제가 생각한 것이 저 먼 세상으로 나가자 했던 게 저의 제자 중에 신림동에서 사법고시를 공부하다 제자가 된 사람이 있습니다. 대운의 터 앞에 보면 추천서를 써 주신 심흥섭 씨가 계십니다. 저에게 당신은 신입니다. 교주님이라 부른 분입니다. 왜냐하면 그 신문사 사장은 나에 대해 매일 보고 있었기에, 중풍환자가 뛰며 주식이 예언이 맞고 선거가 당선되고 일반인들은 모르지만, 그 분은 아시니까 저를 교주 하시라고 했지만, 교주를 해서는 안 되는 것입니다.

심형섭 씨의 도움으로 일본으로 가게 됩니다. 말이 필요가 없습니다. 일본은 조상님을 아주 위대시 합니다. 일본에는 절도 있지만 신사가 있습니다. 그 영가님들을 모셔 놓았지요. 심지어 각 가정에는 부추탄을 모시고 아침저녁으로 인사를 드리고 같이 생활하는 데가 일본입니다. 조상을 모시는 것은 효라는 것입니다. 일본에 가서 이 공부를 더 해보자

하고 1999년에 제자와 일본으로 가게 됩니다.

간 곳이 일본 동경 신죽구 신호꼬에끼에 집을 얻고 제자는 학원에 다니며 공부하고 저는 집에서 공부하고 있는데 말이 안 통하니까 아침 식사를 스시를 먹고 점심엔 라면을 먹게 되고 먹는 것을 제대로 못 먹게 되고 무엇보다 말이 통하지 않으니 힘들었습니다. 그리고 의식주를 해결하려면 철학관을 하거나 해야 하는데 할 수가 없는 상황이니 어려움이 많았어요.

그러던 어느 날 저녁 무렵 신죽구를 넘어 백화점 앞을 지나게 되는데 문이 닫힌 두 백화점 앞에 박스 위에 등불을 켜고 열 명쯤 각각 자리를 잡고 앉는 것입니다. 그러자 사람들이 서서히 몰려와 줄을 서는 것입니다. 일본 문화는 줄을 서는 문화입니다. 관심을 가지고 지켜보니 한쪽에서는 사주를 봐주고 저쪽에서는 타로점을 봐주고 그런데 돈을 잘 버는 게 보여요. 잘하는 데는 줄이 100미터 정도 길고 다른 데는 3~4명 서 있는 거예요. 보고 있으려니 참 아닌 것 같다는 생각이 들어 제자에게 "내가 저들을 봐주면 돈도 벌고 도와줄 수 있는데 말이 통하지 않으니 우리는 한국 사람들 상대로 해보자"고 말했습니다.

자리가 없어서 뒷날 일찍 도착해 박스를 하나 놓고 자

리를 잡아 제자를 옆에 데리고 앉아있는데, 조금 후 일본 여자가 앞에 와서 “빠가야로!” 일본말로 욕을 하는 거예요. 나중에 알게 된 일이지만 각자의 자리가 있더라고요. 남대문 앞에 포장마차도 자리가 있듯이 같은 거였어요. 저 자리를 비키라고 소리를 치고 난 못 비킨다고 하고 있는데 갑자기 칼을 찬 젊은 남자가 와서 비키라고 단도를 빼 들면서 찌르겠다는 거예요. 나도 스님 되기 전에는 분양 사업을 할 때는 조폭들이 경호원이 되어 움직이는 시절이 있었기에 웃음이 나는 겁니다. 그래서 나도 “예전에 한국에서 야쿠자였다”라고 말하는 순간 사정없이 내 팔목을 칼로 쳐버리니 피가 하늘로 치솟아 난리가 나니까, 주위에서 나를 도와 병원으로 데려가 응급치료하고 하룻밤 병원에서 지내고 되었습니다.

문제는 내일 한국으로 돌아가야 하는데 병원비가 걱정되었어요. 한국 같으면 보험이 있는데 일본에서 병원비는 얼마나 나올지? 답답한 마음에 아침이 되었는데, 어제 내 팔목을 찌른 남자와 몸집이 단단한 남자가 들어오더니 무릎을 꿇고 머리를 조아리며 잘못 했으니 제발 일을 크게 만들지 말아 달라고 부탁하고, 몸집 단단한 남자는 미안함을 목례로 대신하고 있었는데, 아마도 조폭의 상사인 것 같았어요. 나도 미안하다 잘 몰라서 일어나게 된 일이니 하며 사과하고 인사를 나누었죠.

"그런데 선생님은 무엇을 하는 분입니까?" 물어 오기에 "나는 영을 공부했고 잘 못 가신 영혼들을 잘 가시게 해 드리는 비법을 행하는 사람입니다. 지금 당장 실험해 드릴 수 있다"고 말했지요. 그리고 나오면서 신사 앞에서 실험해 주었더니, 무릎을 꿇으면서 "선생님 좀 도와주십시오." 말하는 게 아니겠습니까. 그때 개그맨 이경규 씨가 일본에서 공부하고 있을 때입니다. 그때가 신주꾸에서 국회의원 선거가 진행되고 있을 때였어요. 한국 같으면 종로 같은 지역에서 자기 당에 있는 분을 밀고 있는데 그때 잠깐 밀리고 있어서 사진을 보여주며 당선될 수 있겠는지, 당선만 될 수 있다면 비법을 알려달라고 부탁하는 겁니다.

"제가 당선시켜 주는 것이 아닙니다. 어느 한 사람을 잘되게 하는 것도 같은 방법입니다. 먼저 천도해 드리고 원기를 천도하고 반복해 드리는 겁니다. 대통령 선거나 애들 대학을 보내는 것이나 건강이나 똑같다고 스님이 말하면서 사진을 보고 그 집안을 천도합니다. 원기를 천도합니다. 그리고 발복기도 해 다른 영혼에게 붙여 주게 되는데 그러면 하루하루가 표가 올라갈 것이고 뚜껑을 열면 당선될 것입니다." 말했지요.

그러면 누구를 내가 천도를 하느냐, 그때 교토에 가면 우리 민족 10만 명을 귀를 자른 귀무덤이 있는데 떠도는 그 영혼들을 천도해 붙였어요. 그런 일이 일어나는 것을 보고 그들이 "신입니다" 하면서… 국회의원이 나를 찾아와 "아무 생각도 하지 마시고 일본으로 귀화하십시오. 귀화하시면 자기의 신사도 드리고 내가 죽을 때까지 쓸 돈 다 드리고 당신이 하고 싶어 하는 저 귀무덤 천도 다 하십시오. 이것은 한국과 일본을 떠나서 우리가 해야 할 일입니다." 하는데, 내가 금액을 계산해 보니 천문학적인 금액이고 엔화를 가장 가득 주면서 마음대로 쓰라는 거예요. 나의 꿈이 이제야 풀리는구나! 일본에 학교와 학원을 세우고 싶은 마음이었죠. 그래서 나는 귀화하겠다는 생각을 했어요. 내가 일본에서 한국을 위해 기도하고 귀무덤을 천도하고 내가 일본에서 돈을 받아서 한국을 위해 천도할 수 있으니 정말 행복했습니다. '귀화하려면 어머님께 인사도 드려야 하고 호적 정리도 해야 하니 한 달 안에 들어오겠다'하고 아시아나 비행기에 몸을 실었습니다.

그 당시에는 비행기를 타면 앞에 각 신문사에서 나온 신문들이 놓여 있습니다. 얼마나 반가운 마음에 신문을 들었는데 앞면을 덮은 기사를 읽게 되었습니다. 무속인이 영웅 이순신 장군 현충사 묘를 파헤쳐 버린 겁니다. 이게 뭐야 내가 정말 존경하는 장군의 묘를 파헤쳐 버렸다니….

무속인은 '본인 정신에 다른 영이 쓰였다' 하는 것을 무속인이 해결합니다. 이순신 장군 상에 제사를 모시고 있는데, 밤마다 나타나서 목을 조르고 귀를 윙 하게 만들어 잠을 못 자게 하니 죽을 지경이었다고, 무속인이 말했다고 합니다. 그러다 도저히 못 견디어 아들에게 이야기하니, "엄마 그런 묘를 파헤쳐 버립시다." 말하고는 그길로 현충사 묘를 파헤쳐 버리게 된 것입니다. 저를 아는 많은 분은 아실 겁니다. 저는 사진을 보지 않고는 그분의 영에 접속하지 못합니다. 이순신 장군을 접해보니 이분이 귀신인 거예요. 못 가셨으니 귀신이 된 것입니다. 옛날에는 무속인 집에 가면 최영 장군 상과 이순신 장군 상이 제단에 있었습니다. 지금은 없습니다. 잘 가셨기 때문에 모두 치웠습니다.

내게 갈등이 생기게 됩니다. 무속인이 구속되었는데, 어떻게 되었든 장군의 묘를 훼손했으니 형을 받아야 하는 것이지요. 하지만 판사님이 사법고시 시험에 합격했으나 영의 세계는 모르시잖아요! 이것을 무엇으로 처벌할 수 있겠어요. 묘를 파헤쳤다는 죄목 밖에는요. 무속인은 답답해 죽을 지경이고 웬만하면 아들하고 그 현충사 묘를 파헤쳤겠어요? 당해보지 않은 사람은 모르는 겁니다. 무속인들이 신을 받으신 분들은 알 것입니다. 그 답답한 마음을 저는 영을 접속하다 보니까 알죠. "따라서 내 만족을 위해서 내가 할 일이다. 내게 변호사 면허가 있다면 내가 변론해 주고 싶다. 판사님, 영계는 이렇습니다. 이분이 얼마나 답답했으면 이런 일을 벌이게 되었겠습니까. 참작해 주십시오." 대한민국 변호사가 많이 있지만 아무도 못 하는 거예요. 나는 면허가 없고 그래서 제가 결정한 것은 이렇습니다.

내가 일본을 가는 것은 도리가 아니다.

영계에서 나를 한국에 있으라고 하는구나! 그래서 좋은 조건을 다 버리고 현충사에 가서 내 제자와 천도재를 지냈습니다. 잘 가셨습니다. 그 무속인은 법의 처벌을 좀 받았고, 누구라도 현충사를 가시든 노량대교를 가시든 영정 앞에 술을 한잔 따라 보세요. 술이 얼마나 순한가를 느낄 것입니다. 이순신 장군 천도재를 마치고 제가 글을 쓰게 된 것입니다. 고 노무현 대통령, 최영 장군 『대운의 터』 51페이지 〈이순신 장군을 천도해 드리다〉 이 내용입니다.

이순신 장군이 오래전에 잘 가셨더라면 제가 지금 일본에서 잘 살고 있을 것인데 말입니다! 하하.

여러분 잘 생각해 보십시오. 노숙자이건 장군이라던가

대통령이라던가, 이것은 이 땅에서의 계급입니다. 우리가 죽는다는 것은 영의 세계로 육체를 버리고 영이 갔을 때 심판은 우리가 하는 것이 아니고, 7대 대왕 49제죠. 거기에 법이 있어요. 우리가 대한민국 사람이니까. 이순신 장군, 하지만 그분에 대해 모르잖아요. 분명히 나라를 위해서 12척의 배로 외적으로 무찌른 그분에게도 사생활이 있는 거예요. 우리가 살기 위해서 적을 막기 위해 수많은 사람을 죽일 수가 있는 거예요. 장군이니까 저 땅에서 볼 때는 살인으로 볼 수도 있고 저 위에서 하는 거예요. 어쨌든 심판을 못 받으셨다는 거 아시겠습니까? 어떤 가치냐, 위에서의 가치입니다. 심판관 우리는 죄인을 위해 빌어주는 사람 목사님 신부님 스님은 변호사의 역할입니다. 우리에게는 영웅 이순신 장군을 일본에서 볼 때는 나쁜 사람으로 보겠지요. 일정시대 때 이토 히로부미 우리는 나쁘게 보지만 일본에서는 자기들의 신이라 칭합니다. 우리는 안중근 열사를 위대한 분이라 하지만, 저쪽에서 볼 때는 살인마로 본다는 거예요. 지구공관에서 심판의 가치는 우리가 하는 것이 아니고 저 위에서 한다는 겁니다.

충무공 이순신 장군을 천도해 드리다

-보연. 박가영

충무공 이순신 장군이시여
영웅께서는
민족과 백성 위에
당당한 모습으로 목숨
바치신 거룩한 님이시여

영웅의 묘를 파헤친 무속인
현충사 찾아 참배 느리고
영혼이 아직도 구천을
떠돌고 계심을 아셨다네

역사의 길은 멀리도 왔는데
님께서는 아직도 이곳에
머물고 계셨다니 웬 말인가?

일파 대사님께서
천도재 해 드리셨더니
고맙다 인사 나누고
편안히 떠나셨다네

즉문 4 어떤 가치 기준으로 살아야 하며 이성의 가치와 저승의 가치는 어떻게 다른지요?

즉답 4 이승의 가치와 저승의 가치는 논할 수 없습니다. 제 영역이 아닙니다. 이승에서 '착하게 살아라'는 말이 있죠. 어디에 그 '착하게'의 기준을 어디에 두어야 하는지, 이것은 우리가 알아요. 남을 괴롭혀서 빼앗아 먹었다. 그래서 신이 오신 겁니다. 불교에 남겨진 경전이 있지요. 10계명 10계 5계. '살인하지 말라. 간음하지 말라. 도적질하지 말라.' 이것만 잘 지키면 됩니다. 그리고 2000년 전에 예수님이 이스라엘로 오셨잖아요. 성경 앞장에 보면 10계명이 있습니다. 10계명 잘 지키면 됩니다. 만약 내가 사기를 쳤다. 그러면 여러분이 더 잘 알고 있습니다. 나중에 저세상에 심판받으러 가면 벌

써 기록에 나와 있습니다. 유산을 해서 저세상에 가면, 너 유산했구나! 하게 되는 것입니다.

미국 세이 박사의 암이 호전되었다는 희소식

-보연. 박가영

제일 무서운 말은 무엇일까?
듣고 싶지 않은 말은 또 무엇이며
고통을 떠오르게 하는 말
암이 아닐까 생각한다

나는 보았다
나의 집에 와 항암 치료를 받으며
고통을 참는 이름다운 언니를
나를 많이 아껴주던
이웃 사촌 언니

아름다움도 고통 앞에서는
무너졌고 웃음도 거두어 갔다
초조하고 생기 없는 모습
희망의 말들을 나누었지만
시간도 도움을 주지 못했다

죽어가던 세이 교수
희망이 없다고 말한 의사들
혈액암이 호전되었다
사람들은 기적이라고 말한다

일차 대사님의 비법
조상을 위해 천도재를 하고
발복기도를 한 것이다
세이 교수 제자의 부탁으로

교수님은 퇴원해 아직도
연구소에서 일하시고
출장도 다니신다

그대들이여 들어보라
일파 대사님의 비법은
내 조상을 모시는 것이다
미신도 우상숭배도 아닌
효학문이다

즉문 5 돌아가신 분들은 천도재를 통해 잘 가셨는지 확인할 수 있다고 하셨습니다. 그렇다면 현재 살아가고 있는 우리는 어떻게 아는 방법이 있는지요? 스님께서는 영을 접하시는 분이시니 아시지만 보통 사람들은 알 수 없습니다.

즉답 5 종교가 인도 일본 전 세계적으로 셀 수 없이 많다고 합니다. 우리가 이 땅에 올 때 아버지 어머니가 사랑해서 왔고 이 땅에서 잘살아 보려고 공부하고 또 결혼하고 자녀를 낳고 갈 때 심판을 받게 되는 것입니다. 잘 가면 끝나는 것이지만 눈으로 볼 수가 없지요. 저는 영을 접속하니 알 수 있지만, 잘 가시는 분은 우리를 도와줍니다. 그래서 예부터 우리는 조상님을 잘 모시고 도와 달라고 하지요. 그런데 그 영이 못 가셨으면 도와줄 수가 없어요. 그러다 보면 우리가 일이 잘 안되니까 주위에서 용하다는 가보게 되고 성당도 가고 교회도 가고 절에도 가게 되는데 그곳에는 신부님 목사님 스님 교주가 많잖아요. 자기 종교만 믿고 기도하라 108배 해라 십일조내라 건축헌금 불가하라 그런데 우리가 원하는 것이 무엇이냐 내 조상님 부모님이 잘 가셨는지 확인하고 싶은 것을 알게 스님이 이것을 깨우쳐 주려고 하는 것입니다.

나는 눈으로 보면 알 수 있고 접속하면 압니다. 여러분들은 모르시지요. 그래서 이것을 다 설명하려면 너무 내용이 길게 되니 제가 한국 영락공원에서 일본 오사카에서 미국 캘리포니아 오렌지 카운티에서 실험한 것이 똑같으니 이것을 동영상을 찍어 올려놓았습니다. 제가 쓴 책을 읽으면 책마다 다 나옵니다.

실험하세요. 실험하세요! 왜 눈으로 안보이니까 맛을 봐서 확인해야지요. 제가 올려놓은 동영상을 보면 다 나와 있습니다. 그 다음은 지방을 쓰세요 화장을 했거나 영정이 없으면 지방을 써서 실험하면 됩니다.

이 방법만 아시면 잘 가신 분은 천도재가 없습니다. 술맛이 아주 순합니다. 그런데 못 가신분은 술맛이 씁니다. 천도재는 평생 한 번 하는 것입니다. 그런데 언제부터 우리나라가 이것이 우상숭배가 되었습니까? 여러분의 부모님이 돌아가시면 이것을 우상숭배라고 할 것입니까? 아닙니다. 이것은 효입니다.

영혼이 잘 가셨나 알 수 있는 방법 - 일본에서

즉문 6 어떻게 사는 것이 잘 사는 것이며 천도재 없이 이생을 마치고 좋은 곳으로 갈 수 있는지요?

즉답 6 그렇지요! 지금 내가 많은 사람을 무료 천도해 드리고 영가를 천도하고 발복기도 해 드리고 있습니다. 내 조상을 천도해 드리고 어려운 사람을 도와주고 다른 사람들이 물어보면, 여러분이 잘되셨으니까 내 주위에 한 분이라도 도와주고, 유산을 하려고 하는 사람이 있다면 못 하게 도와주고, 천도재의 비법을 다른 사람들에게 알려 같이 좋아지게 도우면, 여러분은 또 다른 영가를 구해 내는 것이 됩니다. 그러면 그 점수가 나에게 쌓여 우리가 육체를 버리고 갈 때 우리는 잘 가게 되는 것입니다. 그러면 우리는 끝나는 것입니다. 천도재가 없이 가는 것입니다.

여러분이 어디에 계시던 저에게 카톡으로, 돌아가신 분이 지금 어디에 계시는지 사진과 함께 보내주시면, 보통 1~2일 정도 걸립니다. 천도재 후 술값을 보면 바로 달라집니다. 제 말을 믿지 마시고 그 자리에서 실험하세요. 그러면 술맛이 물처럼 순하게 변해 버립니다. 그러면 이분은 잘 가셨기에 끝난 것입니다.

근데 이 학문을 하면서 살다 보면 주위에 친목도 생깁니다. 제가 미국 가면 불교도지만 교회를 가게 됩니다. 왜? 거기는 기독교인들이 많아서 함께 어울려 친목을 도모하게 되는 것입니다.

결론은 착하게 올바르게 살아가라는 것입니다. 십계명 잘 지키시고 어려운 사람을 도와주고 살면 되는 것입니다.

출세 성공 부자가 되고 싶다면 운의 실체를 알아야 한다 (운칠기삼)

즉문 7 무속인들이 본다는 신점은 무엇이며 그들은 정신병에 걸린 사람들을 도울 수 있는지요? 정신병에 걸린 사람이 기도를 오래 해서 좋아지는 사람을 보았습니다. 기도하지 않고 살아가면 또다시 나빠지는지요?

즉답 7 무속인들의 신점, 우리는 살아가는데 육체와 정신이 있습니다. 내 정신으로 살아가는 이것이 최고입니다. 그래서 이 땅에서 영어 불어 여러 가지 공부를 합니다. 이 땅에는 떠도는 수십만 가지의 영혼이 있는데 내가 약하거나 조상이 약하면 영이 붙게 됩니다. 영이 침범할 때 아프게 만듭니다. 나는 안 들어왔으면 좋겠어! 그런데 내 조상님이 나를 보호를 해주어야 하는데, 못 가셨으면 보호해 줄 수가 없습니다. 그러다 보니 내가 침범을 당하게 되는 것입니다.

예를 들자면 내 아버지가 경찰 서장이면 깡패들이 못 건들게 되지만 내 아버지가 노숙자, 장애인이면 나를 괴롭히고 돈 다 뺏고 때리기까지 합니다. 그와 마찬가지로 힘들고 아픔을 이기지 못하게 되니 영을 들어오시라고 하게 되는데, 이 신은 하늘의 천신이 아니고 떠도는 영가들입니다.

그렇다고 다 나쁜 것은 아닙니다. 영가의 세계에도 급이 있는데 교수 한의사 잡신 할머니 동자신도 있습니다. 영이 들어오게 되면 나를 먹여 살려줍니다. 영가의 세계에는 과거를 볼 줄 아는 영가들도 있습니다. 그런데 미래를 모릅니다. 이렇게 신을 실어서 보는 것을 신점이라고 하는 것입니다.

영가의 세계에도 똑똑한 영가가 있는데 제가 아는 무속인이 초등학교도 나오지 못했는데, 아주 침을 잘 놓는 영가가 붙어있어 기도하고 사람들을 고칩니다. 눕혀놓고 신에게 물으면 아픈 데를 알고 그 자리를 찌르니 많은 사람이 낳았다는 것입니다. 물론 몰래 하는 것이지만, 그래서 무속인은 많은 음식을 차려드리니 떠나지 않고 있다는 것입니다. 영가들은 먹는 것을 아주 좋아합니다. 무속인보다 약한 정신병자가 오면 쫓아낼 수 있는 것입니다.

많지는 않은데 미국, 베트남, 타일랜드, 캄보디아에서 많이 봤습니다. 하지만 한국에서는 많이 보지 못했고 가짜들이 많습니다. 정신병에 걸렸던 사람이 좋아졌다면 착하게 잘 사는 것이 바로 기도입니다. 많은 사람이 기도 기도하는데, '기도'라는 것은 내가 착하게 살아가고 어려운 사람을 도우며 사는 것이 기도의 생활이며 행하는 것이 바로 기도입니다. 종교는 하나입니다.

마치면서

사람에게는 사람 냄새가 나야 한다.

상대의 이야기를 들어 주고 어려운 사람을 도와주고 마음이 아프고 외로운 사람들의 손을 잡아줄 줄 알며 때로는 불의를 보면 화낼 줄 아는 그런 사람.

나에겐 그런 친구들이 있다. 나의 곁에서 묵묵히 응원하며 믿어주는 친구, 또 법에 대한 조언을 아끼지 않는 법조계에 있는 친구, 사람 냄새가 나는 친구들이 있어서 감사하다.

우리들의 부모님들은 그렇게 살아오셨고, 조상님을 섬기며 제사를 지냈고, 남은 음식을 나눠 먹는 미덕을 나누셨다. 그런 시절에 나는 자라왔고 나의 부모님은 떠나가셨다.

수행자들도 사람이다. 그들도 감정이 있어 웃을 줄도, 울 줄도, 아파할 줄도 안다. 그래서 나는 그런 인간적인 수행자가 좋다.

일파 대사님은 그런 분이다.

세상을 향해 호소하시고, 국가에 호소하시고, 가정 개인에게 호소하신다.

뿌리 없는 나무가 없듯이 조상 없는 후손은 있을 수 없다.

'잘 되면 내 탓이고, 잘 안되면 조상 탓이다.'라는 말을 우리는 듣기도 하고 자신이 직접 하기도 한다.

그렇다 내가 잘 못 되고 있다면 조상을 바로 세워 드리라는 말이다. 내가 세워 드리지 않으면 나도 내 후손도 좋아질 수가 없으니, 나의 자식들 손자 손녀들을 위해 해야 하는 책임이기도 하다.

일파 대사님께서 무료 천도재를 해주신다는 말을 듣고 나도 직접 후원하기로 했다. 나는 그저 어려운 사람들을 위하시는 마음에 정말 진심으로 감사드릴 뿐이다. 천도재를 누가 무료로 해주는가? 아마 세상 그 어디에도 없을 것이다. 나는 들어보지도 못했으니 정말 이번에 하신 분들은 행운이다.

미국 공과대학장 세이 교수의 피부암 호전도 천도재를 지낸 후부터 호전되기 시작했으며 아직도 활동하고 계신다. 이 일은 '병원에서 세이 교수의 장례식을 준비하라'는 소식을 들은 그의 제자(미국에 있는 한국 과학자)가 일파 대사님께 연락해 와서 진행한 것이다.

본인이 천도재를 하고 많이 좋아졌기에 마지막 지푸라기를 잡는 심정으로…

병원에서는 기적이 일어났다고 했다.

일파 대사님은 말씀하신다. 이것은 절대 기적이 아닙니다.

1350년 전부터 아주 비밀리에 내려오는 원효대사 님의 오묘한 비법입니다.

이것이 바로 천도재다.

천도재는 평생에 단 한 번 하는 것이다.

많은 분이 이 글을 읽고 한 걸음 나아가 행복하게 살아가기를 바라는 간절한 마음이다.

정주영 영가님의 발복기도

세상에 태어나 큰일 이루시고
대한민국을 세계 속으로
발판을 세워 일으켜 세운
님이시여

고 정주영 현대그룹 회장님
님을 모르는 사람은 없었으니
민족의 힘이자 얼굴이셨지요

영계의 법은 세상의 법보다
더 엄중함을 아시고
더 큰 뜻을 세상을 위해
펼치시려

영계의 세계를 잘 아시는
일파 대사님을 찾아오셔서
발복기도를 부탁하셨네

살아서도 죽어서도
조국을 위하는 크신 마음
변함이 없으신
정주영 회장님의 발복기도에
동참하여 큰 복을 지읍시다

봄볕을 받은 꽃잎이 밝게 웃으니 바람이 장난기를 이기지 못하고 살짝 간지럼을 태우고 지나갑니다. 보랏빛 꽃들이 까르르 웃으며 흔들리는 모습이 춤을 추는 듯 곱습니다.

아기들이 웃는 해맑은 미소와 반짝이는 눈동자 눈에 넣어도 아프지 않겠다는 말은 아마도 우리들의 언어에만 있는 듯합니다.

저 자신이 마음 고통 경험이 없었을 때는 몰랐습니다. 나의 아이들이 태어나기 전까지는 사랑의 깊이도 행복을 주는 느낌도 달랐습니다. 그래서 우리 부모님들은 자식을 낳아서 길러 봐야 부모의 마음을 알 수 있는 거라고 말씀하셨나 봅니다.

우리에게 항상 기쁨만 있을 수 있다면 얼마나 행복하겠습니까? 특히 아이들이 건강하고 기쁨을 안고 살아갈 수 있다면 부모님들은 어떤 일이라고 하려 할 것입니다. 저 역시도 마찬가지입니다.

어려움과 고통을 통해 배운 것이 많지만, 아이들이 아파하는 모습은 차마 보기 힘들어 꿈이길 바랐던 때가 얼마나 많았는지요!

깨어날 수도, 버릴 수도 없는 현실 앞에서 헤매었던 시간들… 지금도 어려움에 처한 사람들이 얼마나 많을지 생각만 해도 가슴이 아파옵니다.

어머니들, 친구, 형제자매 그리고 이웃들에게 진심을 담아 말합니다. 기쁨도 아픔도 나누며 사는 우리가 되었으면 좋겠다는 바람을 말입니다.

일파 대사님의 효학문 비법을 통해 어려운 역경을 이겨 나가시길 간절한 마음으로 바랍니다.

저와 제 자녀들이 걸어온 어려운 고통의 길을 여러분들은 걷지 않기를 바라는 마음에서입니다. 저는 몰랐었기에 기도에만 매달렸고 그러다 보니 길을 열어 주셨습니다. 그러나 시간이 너무 오래 걸렸고 그래서 헤어 나오는 길도 시간이 오래 걸렸습니다. 빠르면 빠를수록 좋다는 일파 대사님의 말씀을 정말이지 뼈저리게 느낍니다.

일파 대사님께서 지금까지 하신 예언은 단 한 번도 틀린 적이 없습니다. 유튜브를 보십시오. 그곳에 많은 예언의 동영상들이 나와 있습니다. 앞에 나온 내용들은 있는 사실을 하나의 거짓 없이 그대로 적었으며 인터뷰한 것입니다.

여러분들의 마음을 충분히 이해할 수 있습니다. 정말일까? 과연 믿어도 되는 걸까? 온통 거짓말이 판치는 세상인데? 종교가 다른데? 등등. 저도 여러분들과 같은 마음 생각이어서 1주일 밤낮으로 동영상을 보았고 기도했습니다. 내가 살아야 내 자식들을 살릴 수 있었으니까요! 종교 국가 언어를 전부 떠나서 통하는 효학문입니다. 여러분들도 저와 같은 평온한 길을 가실 수 있습니다. 제가 믿고 여기까지 왔듯이 여러분들도 그저 일파 스님을 믿고 평온한 길로 걸어가시길 진심으로 바라는 마음에서 두 손 모아 마음을 전합니다.

지금 미국에서도 효학문을 알리려고 수많은 사람이 함께하고 있습니다. 특히 20년 후 대한민국 평화통일의 역사를 이끌어갈 특별한 대통령이 바로 정주영 회장 후손에게서 나온다고 예언하신 후, 대한민국과 국민들을 위해 정성을 다해 발복기도를 하시는 일파 대사님의 기도에 동참하실 분들이 한분 두분 계속해서 더 많은 분이 모이길 바랍니다.

이 글을 쓰게 도와주신 일파 대사님께 다시 한번 머리 숙여 감사드립니다. 지금 이 시간에도 일파 스님은 대구 팔공산 갓바위에서 언제나 그래왔듯이, 대한민국과 국민을 위해 밤낮으로 쉬지 않고 기도하고 있습니다. 일파 스님께 궁금한 점이 있거나 인연이 되고 싶은 분들, 또는 후원을 원하는 분들을 위해 아래에 일파 스님과 직접 연락이 가능한 카톡 아이디를 남겨드립니다.

◆ 일파 스님 카톡: laka1234

대예언:

정주영 회장 후손들에게서 평화통일할 대통령이 나온다

박가영 지음

발행처 도서출판 청어
발행인 이영철
영업 이동호
홍보 천성래
기획 남기환
편집 이설빈
디자인 이수빈 | 김영은
제작이사 공병한
인쇄 두리터

등록 1999년 5월 3일
(제321-3210000251001999000063호)

1판 1쇄 발행 2024년 5월 31일

주소 서울특별시 서초구 남부순환로 364길 8-15 동일빌딩 2층
대표전화 02-586-0477
팩시밀리 0303-0942-0478
홈페이지 www.chungeobook.com
E-mail ppi20@hanmail.net

ISBN 979-11-6855-249-4(03810)

이 책의 저작권은 저자와 도서출판 청어에 있습니다.
무단 전재 및 복제를 금합니다.